虹の生まれるところ

有沢螢

オリエンス宗教研究所

目次

I
レインボーブリッジ

目次

目次

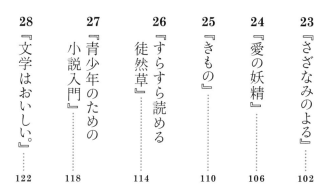

III 記憶の図書館から

挿画＝長谷川象映
装丁＝岩崎圭太郎

虹の生まれるところ

I
レインボーブリッジ

1　橙の色

前回の東京オリンピックの頃を懐かしく思い出すことがある。当時は年末になると、各家では、年迎えの準備があわただしく行われた。暮れの二十八日頃になると、植木屋が門松を立てて回り、しめ縄や鏡餅が届けられ、床の間には正月花が活けられた。

一夜飾りが忌まれていたのは、旧暦では、三十日が月末にあたり、二十九日は「苦」と音が重なるからだという。いそいそと三宝にお供え餅や裏白や橙《だいだい》を飾っていた母の姿が目に浮かぶ。なぜか母は洗礼を受けるとともに、年迎えの習慣を捨ててしまった。お供え餅や橙は私たちの生活から遠くなった。

現在私は、東京・高輪にあるマンションの七階で、窓の外のレインボーブリッジを見ながら過ごしている。中・高等科教諭の退職を二年後に控えた二〇一三年の四月、私は黄色ブドウ球菌の感染による髄膜《ずいまく》炎で突然倒れた。その数カ月前に遭った交通事故との関連も疑われたが、原因は不明である。病院で意識が戻ったときには、すでに人工呼吸器につながれて、「一生寝たきりで、話すことも食べることもできない」と医師に宣言された。

突然の不条理な運命に驚くとともに、自らの命のありようを選ぶこともできない理不尽さを受け入れ難く思った。結果として、脊椎《せきつい》損傷による四肢麻痺のため、肩から下の感覚も運動機能もすべて失った。こうなっては、自ら死を選ぶこともできない。どんなに苦しいことがあっても自ら生を選び続けていると いうことが自分の矜恃《きょうじ》であったのに、主体的な選択機会を奪われたことが何よりつらかった。

そんな中で、私の新しい命を支えてくれたものは、人々の祈りと幼い頃から続けていた短歌であった。病院を何度も替わり、リハビリを繰り返した結果、奇跡的に呼吸器を外すことができ、食べ物を食べることも声を出して短歌を詠むこともできるようになった。

発病二年後の五月末に、私は友人たちの助けで、この高輪の地で在宅療養をすることになった。退院早々の日、電動ベッドを上げて食事を食べさせてもらいながら、ふと目を窓の外に向けると、そこには大きな、大きな虹が夕暮れの空にかかっていた。

創世記によれば、神はノアの洪水の後に契約のしるしとして空に虹を置かれた。もう二度と洪水によって肉なるものがことごとく滅ぼされることはないという契約のしるしとして。

私もまたその大きな虹を見て、今までの理不尽な思いがすべて感謝のうちに消えてゆくのを感じた。神は私のこの地上での生をゆるし、それを祝福してくれていると思った。レインボーブリッジの上に片足をかけたように立っていた虹は、生まれて初めて見るほどの鮮やかな七色に輝いていた。そしてそこに橙の色を認識したとき、母もまた私を見守ってくれているように感じたのである。ゆるされ、ゆるすことへの喜びが強く私の心を叩いた。

われもまた神をゆるさん動かざる手足に窓の虹を見上げて

2 春の湖

早春になると、窓から望むレインボーブリッジがぼんやりとかすんで見えることがある。時には本物の虹が、神のゆるしのしるしのように橋の上にかかることさえあるのだ。このエッセイは、四肢麻痺のためにペンを取れぬ私が、病窓でのさまざまな思いを口述し、折々の短歌とともにお届けする「短歌十二箇月」である。

春の気配を感じると、幼い頃のことを思い出す。幼稚園児であった弟が、何度か自ら押し入れに隠れている光景を見た。

「どうしたの」と尋ねると、「神さまから呼ばれると恐いから、隠れているの」と答えた。

どうやら教会学校で幼いサムエルの召命の話を聞いて、自分も神さまから呼ばれたらどうしようと恐れたらしい。

私自身は春になると、アネモネの咲くガリラヤ湖のほとりを歩いてみたいという思いに駆られた。幼い私は、復活のイエスさまはガリラヤ湖をお渡りになった時に、十字架上であいた手足の釘の穴に水が入って沈んだりなさらないかしらと心配したものである。


生きることおぼつかなくて春の湖《うみ》われを漁《すなど》れシモン・ペトロよ

人生の苦しい時、おぼつかない時に、ガリラヤ湖のほとりに舟を捨てて、みことばで漁に出たペトロに漁られて、イエスさまの前に連れていってほしいと願ったものである。日本では、大きな湖を時に「うみ」と言うが、ヘブライ語でも海と湖は同じ「ヤーム」と呼ばれるらしい。

マタイによる福音書十四章には、ガリラヤ湖のほとりの山で、イエスさまが説教を聞きに来た五千人の人々に二匹の魚と五つのパンを分け与え、そのパンの屑《くず》が十二の籠に満ちたという話がある。これは四福音書に見える話で、時にはそれが少年の弁当であったりする。またマタイには四千人に七つのパンと魚を分け与える話としても登場する。あまり数学感覚のなかった私は、七つのパンを四千人で分けたほうが得なような気がしていたが、それは増える倍率によっても違うのであろう。

病床に伏するようになって、弟が、この挿話は、イエスさまの恵みはいつでも必要なだけ何度でも用意されていて、その人にとって有り余るものなのだと語ってくれた。押し入れに隠れていた幼い弟は、ついに神さまに見つかって、今は日本基督教団の牧師となっている。
最後に、春になると思い出す、私が学生時代に家庭教師をしていた少年を詠《うた》ったのどかな歌を一首。

Spring has comeを「バネ持って来い」と訳したる少年眉間に皺《しわ》ひとつ
なし

3 雛の顔

三月の別名「弥生」は、生命《いのち》がますます盛んになることを意味している。その弥生の初めの巳《み》の日に、女児の厄災を払って人形《ひとがた》を水に流したことから、上《じょう》巳《し》の節句、後の雛《ひな》祭りが始まった。

私の雛人形は、ガラスケースに納められた十五人飾りの木目《きめ》込《こ》み雛である。今でこそ六段飾り・七段飾りの豪華な衣裳着雛が人気のようだが、私が子どもの頃は、戦後の団地ブームなどでコンパクトな五段飾りの木目込み雛が流行していたのだ。おかげで転居するごとにこの雛を持っていくことができた。
ガラスケースの下に大きな桐の引き出しがついていて、子どもの頃は雛人形を引き出しから出すたびに、一年前より成長して人形が美しくなっているような気がした。後にそれを「ねびまさる」と表現することを知った。お雛さまの顔は、それぞれの時代のお后《きさき》さまの顔に似せて作られると聞いたことがあるが、そう思うと、私の人形は昭和天皇の皇后のようにふっくらとして見えた。今時のお顔はどうなのであろうか。いずれにしても、半世紀も一つの箱の中に閉じ込められている人間（人形）関係は息苦しいものもあるかもしれない。

春ごとにねびまさりたる雛の顔よろこびし母の手づくりの鮨

さて、二〇一七年の変わり雛には、米国のトランプ大統領の人形もあったようだが、ヒラリー・クリントンが大統領に当選できなかったのは、アメリカ社会にある女性差別、所謂《いわゆる》「ガラスの天井」のせいだとする説がある。

以前、修養会で講師の神父に「将来、女性が司祭になれる可能性はありますか」と質問したところ、「それは教区司祭の結婚より難しいでしょうね」という答えが返ってきた。「ガラスの天井」はどこにでもまだあるのだろう。

創世記において、女性がアダムの肋骨から造られたと記されていることが、女性を従属的に見る端緒となったのかもしれない。

ところで、二〇一六年に大ヒットした『君の名は。』というアニメ映画は、日本人の八人に一人以上が観ているそうだが、男女が入れ替わる平安時代の物語『とりかへばや物語』と、女流歌人・小野小町の「思ひつつ寝《ぬ》ればや人の見えつらむ夢と知りせば覚めざらましを」の歌が作品のモチーフとなっているようだ。新海誠監督は、東日本大震災（3・11）を契機に、記憶することの大切さを伝えたかったという。

今では四肢麻痺のため、自らの手で並べることができなくなった雛人形の顔を眺めながら、生命《いのち》に対するさまざまな思いや記憶が、今年も去来することだろう。

長柄銚子《ながえちょうし》手にもたすればいきいきと機知にとむ歌よむべし官女

4　四月の旅

新学期になるとピカピカの一年生が新しいランドセルを背負って街を駆け抜けていく。最近のランドセルは昔より横長のＡ４型が主流で、紫、ピンク、グリーン、ブルーなど色とりどりである。

二歳の時、私は脊椎《せきつい》カリエスを患い、ギプスベッドで寝たきりの生活を余儀なくされた。六歳になって手術をしたが、ギプスベッドでの生活は続き、就学の年になると、「私もランドセルを背負って学校に行きたい」と親を困らせたようだ。早速、父がその日のうちにランドセルを買ってきてくれたが、黒いランドセルだったのでがっかりしたのを覚えている。

二年生からは学校に通えるようになったが、顎《あご》までのコルセットを着用していたためランドセルは背負えず、隣家の五年生の少年が、毎日教室までランドセルを届けてくれ、放課後は家まで持ち帰ってくれていた。私が同級生に木の実を投げられたりしていじめられていると、走ってきて庇《かば》ってくれた。しかし内気な私は礼を言うこともできぬまま後日引っ越してしまった。

二十年後のある日、タクシーに飛び乗った私は、運転手がバックミラー越しにしきりに私を見ているのが気になった。何度目かに目が合ったとき、突然運転手は私の名を呼んだ。驚いている私に、彼は隣家の少年だったことを明かした。互いの家族の消息などを聞き合っているうちにタクシーは駅に到着し、彼は料金も受け取らずに走り去った。またしても私はお礼を言う機会を失ってしまったのだ。

聖書の中のルカによる福音書十章二十五節の「善いサマリア人」は誰もが知る話である。エリコに下っていく旅人が追いはぎに襲われたたとえ話で、祭司とレビ人《びと》は無視して通り過ぎたが、ユダヤ人とは敵対していたサマリア人だけが彼を助けて宿屋に連れていく。イエスは、「さて、あなたはこの三人の中で、だれが追いはぎに襲われた人の隣人になったと思うか」と問われた。律法の専門家は「その人を助けた人です」と答えた。この話を思うたびに、子どもの時から私の心にかかっていたことは、「ああ、助けられた人はお礼が言えないままで終わってしまったのだなあ」ということだった。

私たちの人生は、感謝していても口に出せないことが多い。できることなら機会を捉えて、多くの人に感謝の気持ちを伝えたい。なぜなら、見ず知らずのサマリア人のような多くの隣人たちの行為で私たちの生命《いのち》は紡がれているからである。

私は今、友人たちと三十七人の医療・介護スタッフに支えられて、旅するように病床の生活を送っている。一週間に家を訪れる人の数は学校の一クラスほどで、スタッフの方々の名前を覚えるのもやっとのことである。四肢の動かぬ私がサマリア人のように人を助けることはままならぬが、せめて私を取り巻く隣人たちへの感謝の心を忘れず、祈り続けてゆきたい。

ほんとうの自分をさがす旅に出るにせの自分もいとしき四月

この旅路が明るくあれと思う日々である。

5 祈りの薔薇

介護タクシーの運転手ディーン・フジオカ似　その応対のさやけし皐月《さつき》

昨年（二〇一六年）の五月に車椅子で外出したときの歌である。ちょうど、NHKの朝の連続ドラマ『あさが来た』で人気が出たディーン・フジオカによく似た運転手が、とても快適な運転とさわやかな応対で運んでくれた。車椅子での外出を初めて心地良いと思った瞬間である。

その二年前の五月は私の人生の中でもっとも苦しい月であった。四月二日に入院し、黄色ブドウ球菌の増殖で頸部《けいぶ》に溜まった膿瘍《のうよう》を掻《か》き出すための手術が行われた。抗生剤の投与が続き、呼吸筋がほとんど動かなくなっていた私は、人工呼吸器をつけたままＩＣＵ（集中治療室）で過ごしていた。

実は四月中の記憶はほとんどない。五月に入って自分の現実が見えてきて、それを受け入れるための葛藤に多くの時が割かれた。しかし、その時間は同時に人々の祈りを実感するための時間でもあった。私の周りにはルルドの水が溢《あふ》れ、お祈りの言葉の書かれたカードが次々と送られてきた。

ある卒業生から送られたメールに、「先生、早く良くなってください。高校を卒業してから初めてお祈りをしました。良くなったら先生の好きな赤い薔薇《ばら》を持ってお見舞いに行きます」とあった。たぶん彼女は初めて本気で「祈る」という行為をしたのだろうと思うと涙がこぼれた。

アメリカの研究機関で病人を二つのグループに分け、一つのグループのためには回復を祈り、もう一つのグループのためには特に祈らないという実験を試みたことがあるそうだ。すると、祈られていることを当事者たちに知らせることがなくても、祈られているグループのほうが良い結果が出たとのことである。この実験に対してはいろいろな考え方があると思うが、祈られていることのパワーは、無意識のうちに、私たちが神から受け取っている贈り物なのだろう。私も苦しい五月を多くの人に祈られながらくぐり抜けたと思っている。私にとっての幸いは、友人や家族やシスター方や教え子たちの祈りを、少しも疑うことなく受け入れられたことである。

「草は枯れ、花はしぼむが／わたしたちの神の言葉はとこしえに立つ」（イザヤ書四十章八節）を、私は幼少の頃から好きな聖句として諳《そら》んじていた。私は、言葉を五七五七七の短歌の形に綴《つづ》る。短歌のリズムにのせたほうが、生命《いのち》の種である言葉が遠くまで飛ぶように感じるからだ。たとえ自分の生命が失われても、言葉は残る。

その言葉は、私の言葉に反映された神の言葉でもあると信じたいと思いなが
ら、私は今も短歌を詠み続けている。
そんな私の病床を薔薇色に彩ってくれているのは、高校のクラスメートから
贈られた、祈りのこもったキルトの上掛けである。

十四人の友の綴れる薔薇色のキルトの祈りにつつまれている

6 水無月の夢

水中花を探し求めていたことがある。水中に投ずると花びらを開いて艶《あで》やかな花を咲かせるおもちゃだ。今ならばネットで簡単に手に入れられるだろうが、二十年以上前は思いのほか難しく、ようやく軽井沢の万平ホテルで見つけたものは、裏に「MADE IN OCCUPIED JAPAN」（占領下の日本製）と記されていた。探していたのは、伊東静雄の「わが水無月《みなづき》のなどかくはうつくしき」と結ばれる「水中花」という詩の教材であった。

「水無月」とは旧暦六月のことである。六月は梅雨の時期なのになぜ水の無い月というのかと思われるかもしれないが、旧暦は現在の季節感と一カ月半近くずれている。梅雨は五月に降るゆえに五月雨《さみだれ》と呼び、その合間の晴れ間を五月《さつき》晴れといったのである。梅雨の間、薬玉《くすだま》（薬を入れてつるす飾り）を贈り合い長雨の病にそなえ、男女は田の神をはばかって物忌みをし、早乙女《さおとめ》は田の神の降臨を迎えた。

私は毎年、六月になると田の神を迎える日本の泥田を思った。高校生の時に発表されたばかりの遠藤周作著『沈黙』を読んで以来である。泥田のような汎神論の日本の風土が一神教のキリスト教と相容れられるものなのか、日本人が求めているものは母なる神なのか、自分が踏み絵をつきつけられたらどうなるのか、そんな問いが去来する。高校の頃は『沈黙』を読むことさえ父なる神を掲げる教会に反するのではないかと隠れて読んだものだった。

二〇一七年一月には『沈黙――サイレンス』の映画が日本で公開され、多くの人たちの反応を知った。ある人はマーティン・スコセッシ監督が原作者の主題に忠実に描いている点に感動し、また拷問や殉教シーンを怖れ、三日三晩水責めの夢を見たという人もいた。

かつて遠藤周作氏は、「『沈黙』のキチジローが僕の鼻づらを引きずり回して離さないのだ」と私に語ったことがあった。この再映画化で、キチジローの弱さこそが宣教師ロドリゴを「私を踏みなさい」という踏み絵のキリスト――ゆるす神――のもとまで導いたことを思い起こさせた。

私は映画を観に行くことはできない。『沈黙』を本棚から取り出して読むこともできない。すべて伝聞と記憶の中で間接体験するのみである。しかし、『沈黙』は私にとって特別な作品でもある。手術後、私の意識が回復した時、首から下が動かない自分を感じて、まっ先に浮かんだのは、頭だけを出して土に埋められたキリシタンのイメージであった。また、穴づりという拷問が日々続いているような感じもあった。そんな時、私に光を与えたのは聖書にある会堂長の娘の話であった。

会堂長の死んだ娘のもとに行き、人々があざ笑うのも気にとめず、イエスは娘の手を取り、「娘よ、起きなさい」と呼びかけられた。すると娘は、その霊が戻って、すぐに起き上がった（ルカ福音書八章五十四－五十五節）。

私は今、夢の中でさえ歩くことも走ることもできない。しかし夢にキリストのささやきを聞き、幸せに目覚める朝もあるのだ。

動かざる足裏《あうら》に踏絵のキリストが「吾《あ》を踏みて立て」と夢にささやく

7 シジフォスの神話

向日葵の花の色なる寝衣《しんい》着て動かぬ四肢を夏に投げ出す

レインボーブリッジの上には夏の青空が広がり、橋の脚元には海の輝きが見える。夏になると、トルファンの砂漠の夕映えに燃える火焔《かえん》山、ベネチアの大運河の水の輝きなど、さまざまな景色が思い出される。その中に、行ったことがないのに脳裏によぎる一景がある。パラオの海である。

パラオは、かつて作家・中島敦が、文部省の役人として青春を過ごした場所である。漢学者の家に生まれ、女子高の国語教師となり、日本統治下のパラオ諸島に赴き、病を得て帰国。三十三歳で急逝した後、初めて世に出た作品の一つが『山月記』である。

唐の役人である主人公・李徴《りちょう》は、詩人として世に出ることができず、煩悶《はんもん》の末出奔《しゅっぽん》した。後にその地を通った親友は、猛虎と化して夜間人を襲う李徴に出会う。草叢《そうそう》に身を隠し、虎は友に語った。「己《おれ》は詩によって名を成そうと思いながら、進んで師に就いたり、求めて詩友と交わって切磋琢磨《せっさたくま》に努めたりすることをしなかった。〔中略〕我が臆病な自尊心と、尊大な羞恥心との所為《せい》である」。この臆病な自尊心こそが外形を虎に変えたと言うのだ。

高校の現代文で『山月記』を学習された方も多いと思うが、私も授業でこの作品を学んだ時、初めて「運命の不条理」という言葉を知った。理不尽にも虎へと変身してしまった李徴の葛藤は生きることそのものの不条理を訴えかける。

ギリシャ時代から変身譚《へんしんたん》（メタモルフォセス）には、水仙と化した美少年ナルキッソスをはじめとして枚挙にいとまがないが、私としては、自分の力以上の存在に化身する自己超越型（化粧、仮面ライダーなど）、自分の願望を叶えるためにより自分らしい存在と化す自己同一型（『道成寺』の清姫など）、思いがけず自分の本性に近い形と化してしまう本性暴露型（安部公房の『棒』など）ほか、いろいろなパターンがあると思う。『山月記』の場合は、もちろん、不条理にも本性を暴露して虎と化してしまったわけである。

変身だけではなく、思いがけぬ病や死、戦争など、さまざまな状況によって、人は不条理な運命に陥ることがある。例えばシジフォスは、ギリシャの神々に逆らったため、罰として大きな岩を山頂まで運び上げることを命じられた神話上の人物である。巨岩は山頂に着くやいなやたちまち転がり落ちてしまう。シジフォスは永遠にこの無意味な徒労を続けることを運命づけられているのだ。これこそ不条理でなくて何であろう。しかし、この不条理な作業も、自らの意志で選び取れば、実存的なものになる。

フランスの哲学者カミュの『シジフォスの神話』という作品は、「今やシジフォスは幸福なのだと思わねばならぬ」と結ばれている。病床にある私もまた、不条理な人生や不条理な運命を新しい自分として自らの意志で選びたい。その時に、この上ない幸福感が全身に満ちることを感謝しながら。

シジフォスの神話のごとく幾たびも新しき「我」を選び直さな

8 月の兎

枕辺を見舞いし教え子窓に立ち「立待月《たちまちづき》」と見返りて笑む

八月になると、月の出の位置が動き、レインボーブリッジの上に月がかかる。立待月は満月の二日後、月の出が遅れてしばし立って待って見る月のことである。旧暦では七月八月九月は秋。その真ん中の八月の満月を中秋の名月と呼び、しばらく前まではどの家庭でも新暦九月の満月の日に月見の行事が行われた。お団子を作り、原っぱでススキを手折ってきては縁先に飾り、月見をした。

小学生の頃、お月見の夜に、俳句の会を主宰していた叔母を招いて、我が家で家族句会が行われたことがある。まだ小学一年生だった弟の「まん月やえいよう学校さらあらう」という句が絶賛されたのをいまだに覚えている。道を隔てた栄養大学の寮から、夕食の食器の皿を洗う音が若い娘たちの笑い声とともに響いてくるのを弟はありのままに詠んだらしい。

さて、月にはもちろん兎《うさぎ》がいる。ある時、動物たちの集まりにお釈迦さま（一説では帝釈天《たいしゃくてん》）がいらっしゃった。動物たちはそれぞれに獲物を差し出したりしてもてなしたが、兎は何も持っていなかったので、自らを火に投じてその身を焼き、お釈迦さまに供《きょう》したという。お釈迦さまはそれを哀れに思い、空に引き上げて月に住まわせたというのだ。

「我が身を犠牲にして人の役に立て」と、幼い頃から言い聞かされ、「自分が損をしてでも人に尽くせ」とも教えられた。自らのあやまちを謝罪し、「必ず更生し、社会に役立つ人間になります」という言葉を耳にしたこともある。しかし、病床に伏すようになって、なぜかそうした言葉に違和感を覚えるようになった。

そもそも「役に立つ」と思うこと自体が傲慢なのではなかろうか。月の兎は無力を感じたがゆえに、その身をただ差し出したのだろう。おいしい焼肉になってお釈迦さまの役に立とうと思ったわけではあるまい。評価を求めず、自分が徹底的に無力であることを自覚することがいちばん大切なのではないか。自分は人々の支えがなければ何もできない無力な存在だと悟ったとき、私は初めて自らの存在をゆるすことができた。

入院中、繰り返し朗読してもらった長い詩がある。その主旨を要約しよう。

「ある時、浜辺を歩いていた人が振り返ると自分の足跡の傍らにもう一つの足跡があるのに気づいた。それは神の足跡だった。しかし自分の人生が最も辛《つら》い時に足跡は一人分になり、傍らの足跡は消えていた。そこで『神よ、どうして私が辛い時に限り一人にしたのですか』と問うと、神は『我が子よ、その時、私はあなたを背負って歩いたのだ』と答えた」

この詩を読むとき、私は自らの無力さを感じ、そんな私をも背負ってくださる神の慈しみと、そして、寄り添って人生をともに歩んでくれる人々の愛に感謝せずにいられない。

人のために何かなしたき傲慢を捨てよと言われただ祈りおり

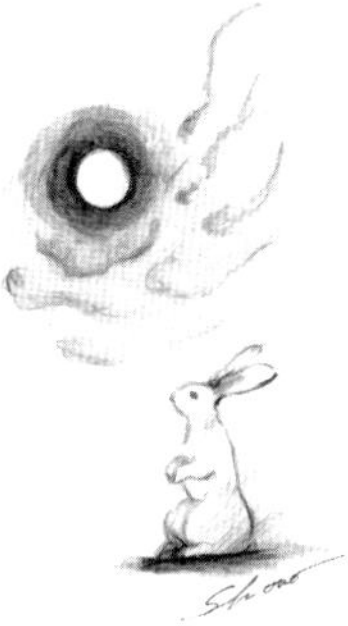

9 ぶどう園

　十月は実りの月である。稲穂も果実もたわわに実る。「奇《く》しきえびかずら　我らがイエズス」という聖歌が昔歌われていた。「奇しき」とは、人知でははかり知れないほど優れて神秘的であるという意で、「えびかずら」とは秋の果実の王さま、葡萄《ぶどう》の蔓《つる》のことである。大正時代の小説などには、「女学生がえび茶の袴《はかま》をはいて自転車に乗る」などと表現されている。まさに少女漫画の『はいからさんが通る』の世界であるが、その「えび茶」は海老のような茶色ではなくて葡萄のような赤紫色、どちらかと言うと臙脂《えんじ》色を指していたのだ。また、泥棒の必需品ともいえる唐草文様の大風呂敷は、実はシルクロード伝来の葡萄の蔓をデザインしたものであった。

葡萄は聖書の中で最も大切な植物である。詩編八十のようにイスラエルが葡萄にたとえられている例もあり、民数記十三章の神の恵みをたとえる葡萄の実の話もある。また新約聖書でもキリストそのものを「ぶどうの木」と表現している。それらの中で私の心にずっと引っかかっていたのは、マタイによる福音書二十章である。イエスは、天の国は次のようにたとえられると言って「ぶどう園の労働者」の話をした。

ぶどう園の主人が労働者を雇うため夜明けに広場に行き、そこにいた者を一日一デナリオンで雇った。九時、十二時、三時、五時にも行き、そこにいた労働者をぶどう園に連れていった。夕方になって支払いの時が来ると、最後に来た者から順に一デナリオンずつ支払わせた。夜明けから働いていた者も、一時間しか働かなかった者も同じ賃金を受け取ったのである。

子どもの頃、私はどうしてもこのたとえに納得がいかなかった。どう考えても不公平である。労働時間をお金に換算する資本主義の原理に合わない。そう思って怒っていたが、大人になるに及んでは職場や社会で理不尽なことがあると「先の者が後になり、後の者が先になるのが天国だ」と自分に言って聞かせ、その理不尽に耐えるために、このたとえ話を利用した。

しかし、最近になってようやく自分の解釈が間違っていたことがわかった。これは雇用法の問題ではなく、ぶどう園の主人の計画性のない求人計画の問題でもない。最後に雇われた人に、主人が「なぜ何もしないで一日中ここに立っているのか」と尋ねると、「だれも雇ってくれないのです」と労働者は答えたという。彼らは遊んでいたわけではなく、朝からずっと仕事を求めていたのである。その日の家族の生活のために、どうしても一デナリオンが必要だったのだろう。必要な生活費は夜明けに雇われた人と同じである。つまり神は出会いが早かろうと遅かろうと、その人が必要としているだけの恵みを即座にくださるということなのだ。必要が満たされて有り余るという点においては、後の者も先の者も同等なのである。神は、私たちが神を見出した時、その時差に関係なく必要なものをすべて与えてくださるのだ。

陰暦十月の異名は「神無月《かんなづき》」（神々が出雲に集って留守になる月）であるが、キリスト教の神の視線は、常に隅々まで行き届いているのである。

高齢者施設の庭の葡萄棚それぞれの色に大き実を成す

10 古典の日

十一月一日は「古典の日」である。二〇〇八年「源氏物語千年紀」に起因して、二〇一二年に国会で「古典の日」と定められた。その年の十一月一日の朝日新聞「天声人語」にその経緯が紹介され、『更級日記』の一部が引用されているのを生徒と朗読した記憶がある。古典というのは、英語でクラシック、つまり教室（クラス）で学ぶものという意である。高校の古典の授業では、『源氏物語』をはじめとする古文や漢文が学ばれている。

ところで、二〇一七年度の上半期に放映されたＮＨＫの朝ドラ『ひよっこ』では、茨城県が舞台になっていたが、「だっぺ」や「だべ」という台詞《せりふ》が耳につく。これは平安時代の「べし」が変化したものらしい。九州の人が、先生を「しぇんしぇい」と呼ぶことがあるが、これも平安時代の優雅な発音が方言として残されたものである。なぜなら、平安時代のサ行はシャ・シィ・シュ・シェ・ショ、と発音されたからである。

古典といえば、代表作はもちろん『聖書』である。以前、話題になった山浦玄嗣《はるつぐ》訳『ケセン語訳新約聖書』を読むと、平安時代の音韻が岩手県気仙《けせん》地方の方言にも流れていたことに気づく。東日本大震災で、自宅も出版社も流されてしまった山浦氏は、瓦礫《がれき》の中から泥まみれになった段ボール箱入りの著書三千冊を見つけ出したと聞く。今ではネットオークションでも二万円以上の値がつき手に入りにくいが、文春新書から出ている『イエスの言葉　ケセン語訳』は入手しやすい。ギリシャ語原典に当たった上での解説も付されている。「願って、

願って、願ァ続げろ。そうしろば、貰うに可《い》い。探《た》ねで、探《た》ねで、探《た》ね続げろ。そうしろば見付《めッ》がる」（求めなさい。そうすれば与えられる。探しなさい。そうすれば見つかる）

　山浦氏が『聖書』を自分の育った土地の言葉で翻訳しようと思ったように、今時の生徒たちも古典を自分たちの言葉で実感したがる。例えば『桃尻語訳 枕草子』（橋本治著）では「春って曙《あけぼの》よ！（中略）雨なんか降るのも素敵ね」と表現している。ここでは「をかし」（趣がある）という表現を「素敵」と訳しているが、授業で「おしゃれ」と訳してみると、生徒たちは「いけてる」と訳し、数年後には「いとをかし」を「マジやべー」と訳したものだった。

　さて、日本の古典の原点である『源氏物語』に話を戻すが、高校では、光源氏が幼い若紫を覗《のぞ》き見（垣間見《かいまみ》）するシーンを教えることが多い。幼い若紫は「雀《すずめ》の子をお犬ちゃんが逃がしちゃったの。伏せ籠の中に入れておいたのに」と泣きべそをかいている。若紫は雀に逃げられたことより、母を失い、独りぼっちになった身を嘆いているようでもある。光源氏はその姿に、愛する義母の藤壺、そして藤壺に生き写しであった自らの母の面影を重ねて涙したのであろう。私も十一月の古典の日がめぐってくると、母を高齢者施設に入所させた時の心の痛みを思い出し、母を恋わずにはいられない。

わたくしの心のなかに泣いている若紫よ雀を恋うな

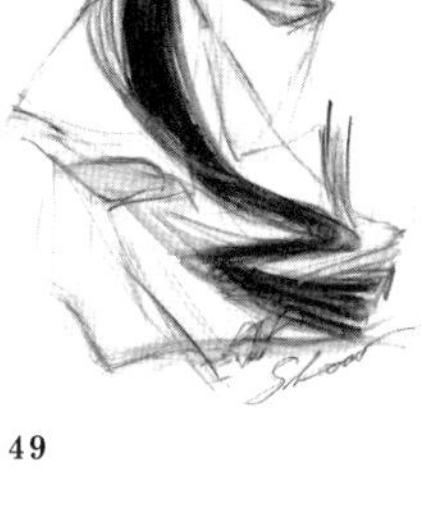

11

生まれてバンザイ

ひととせの「歌の別れ」はさまざまにSMAPのいない紅白を見る

十二月は「極月《ごくげつ》」であり、「師走」ともいわれる。子どもの頃は、学校の先生が走り回るほど忙しいのかと思っていたが、実は「御師《おし》」という神官が新年の暦を売り歩くのに忙しかったからだ。陰暦は月齢が基準なので、新月の翌日に月が立つ日が「月立《ついたち》」、月が隠れる月末が「月隠《つごもり》」である。十二月の最終日の

I
レインボーブリッジ

大晦日《おおみそか》は「大月隠《おおつごもり》」ともいわれる。

　大晦日といえば紅白歌合戦である。子どもの頃は唯一深夜まで起きていることが許される日だったので、とても楽しみだった。最近では、音楽の趣味が多様化して、紅白を見る者も少なくなったという。二〇一六年に解散したＳＭＡＰ《スマップ》は同年の紅白に出ることなく終わった。文学の世界では、詩歌をやめること、方向性の違いから人と別れることを「歌の別れ」というが、ＳＭＡＰのいない紅白にも人の世の別れの切なさを思わされた。

　さて十二月といえば、クリスマスである。古代の冬至祭ともいわれ、キリストが誕生した日と歴史的に解明されているわけではない。

　二十年ほど前、スペインを旅したことがあるが、クリスマスイブは夕刻からすべての飲食店が閉店していた。案内してくれたマドリッド在住の銀行員の「中華料理店はクリスマスと関係ないよ」という甘い認識により、私たち一行はホテルの風呂の湯でお茶を入れ、手土産に持っていった煎餅《せんべい》だけで夕食を済ませるという惨めな思いをして、ようやく街の教会の深夜ミサに臨んだ。その夜、私たちにはもちろん泊まるべきホテルが用意されていたが、ベツレヘムを旅していたヨセフとマリアの心細さの一端を味わった気がした。

「ところが、彼らがベツレヘムにいるうちに、マリアは月が満ちて、初めての子を産み、布にくるんで飼い葉桶に寝かせた。宿屋には彼らの泊まる場所がなかったからである」（ルカ福音書二章六－七節）

イエスが生まれたのは、馬小屋ですらない、ただ飼い葉桶に寝かされた、とあるだけだ。宿屋という社会の機構から外され、そのドアを叩くこともできぬ小さき者、弱き者の傍らにこそイエスはいてくださるのではないか。今、病気になり、クリスマスのミサに参加することもできず、病室で過ごしていると、そんな自分のために、イエスは扉もないところで飼い葉桶に寝かされて、私たちを隣に招いてくださっているという気がする。私たちはイエスの傍らで初めて生きる意味を見つけられるのである。

二〇一六年に起こった津久井やまゆり園事件から時が過ぎたが、人はこの世に生まれたことそのものに意味があるのだ。だからクリスマスに限らず、誰の誕生日も盛大に祝い、その生を祝されるべきである。『サラダ記念日』で有名な俵万智の詠んだ「バンザイの姿勢で眠りいる吾子よそうだバンザイ生まれてバンザイ」という歌があるが、私たちは、この十二月に全力をあげてキリストの誕生を祝いたい。そして自らの生存に感謝する月にしたい。

われもまた馬小屋の隅に身を寄せる小さきもののひとりなるらし

II
忘れえぬ人々

12　返されし命

ひろくちの硝子の罎《びん》に去年《こぞ》をつめ捨てばや春の花色の海

新春になると思い出されるCMの一つに、富士フイルムの「お正月を写そう」というシリーズがある。晴れ着を着た樹木希林が写真屋さんに現れ、「きれいに撮れるフィルムをくださいい」などと言い、背景に百人一首の「天つ風……」が流れる。最近は、私たちの暮らしの中で晴れと褻《け》（非日常と日常）の区別がなくなり、元日の晴れ着も記念写真も姿を消しつつある。年賀状もまた、LINE《ライン》やメールに取って代わられようとしている。

冒頭の短歌は、以前に私が年賀状に記した一首である。結社などに所属せず一人で短歌を詠んでいた私は、年に一度年賀状だけを作品発表の場としていた。この歌は、「硝子の壜に前年のつらいことや悲しいことをすべて詰め込んで、花色（薄い藍色）の海に捨ててしまいたいなあ」という思いを歌にしたものである。

しかし、寝たきりになってからは、かえってこのような感慨を抱かなくなった。むしろ一日一日の思い出が大切になり、捨てがたくなっていったのである。なぜならせっかく重病を乗り越えて、神さまに返していただいた命なのだから、大切に味わっていこうと思うようになったのだ。

そんな捨てがたい思い出の中から一つを紹介しよう。昨年（二〇一七年）八月、私は退院後初めてミュージカルを観に行った。往復を含めて車椅子での六時間という大冒険であった。演目は『ビリー・エリオット』（映画邦題『リトル・ダンサー』）。サッチャー政権下のイギリスの地方都市で、炭鉱夫たちが長期のストライキを続けるなか、炭鉱夫の子である十一歳の少年ビリーがクラシックバレエと出会い、ロイヤルバレエシアターに合格するまでの物語である。主人公ビリーにはオーディションで五人の少年が選ばれ、日替わりで演じていた。ダンスシーンもすばらしかったが、何より作曲者エルトン・ジョンの音楽のビートが心をつかみ、現在の日本の社会を見るような不安に突き動かされる。

久々のミュージカルに心が熱くなった。やはり、言葉はリズムを持つときに強い力を発揮するのだろう。それはミュージカルでも詩歌でも、聖書の詩編でも同じことである。重篤《じゅうとく》だったころ、詩編の一節がしばしば脳裏に浮かんだのは、そのリズムの強さゆえだろう。「死の陰の谷を行くときも／わたしは災いを恐れない。／あなたがわたしと共にいてくださる。／あなたの鞭《むち》、あなたの杖《つえ》／それがわたしを力づける」（詩編二十三・四節）

終演後、ビリーの祖母を演じていた友人の久野綾希子が楽屋前で一人の青年を紹介してくれた。それは、ビリーの兄役の藤岡正明であった。男性デュオのＣＨＥＭＩＳＴＲＹ《ケミストリー》を選ぶテレビのオーディション番組で、最後の四人まで勝ち残っていた少年である。「あなたが十七歳の時から応援していました」と言うと、「僕はもう三十五になります」と言って、私の頬に触れてくれた。熱いエネルギーが流れ込んで、自分の内側からも感動が強いリズムとなって打ち上がってくるような気がした。

「神様に返されし命」何にでも挑みてみんと思う早春

13　春の坂道

早春になると、何か良いことの訪れがあるような気がする。動かぬ足で駆け出したい気もする。懐かしい人との再会も待たれる。前回に続きしばらくは、心に残るさまざまな人との出会いを取り上げてゆこう。

「われはここに神はいづくにましますや　星のまたたき寂しき夜なり」

これは美貌の歌人、柳原白蓮《やなぎわらびゃくれん》の第一歌集『踏絵』に収められた一首である。

二〇一四年のＮＨＫの朝ドラ『花子とアン』の中で、『赤毛のアン』の翻訳者、村岡花子の親友・葉山蓮子として仲間由紀恵が演じたことでご存知の方も多いだろう。

私は高校三年生の頃、「人物研究」の課題で柳原白蓮を取り上げた。秘かに短歌を作っていた私は、歌人への憧れと、大正天皇の従妹《いとこ》である美貌の女性への興味からこのテーマを選んだのだ。ちょうどその年に白蓮が亡くなっていて、朝日新聞の「天声人語」に掲載された追悼文だけを頼りに、駆け落ちをしたときの新聞のマイクロ版を調べたり、ご遺族をお訪ねしたりと、体当たりで資料を集めた。その折、白蓮の東洋英和時代の親友が村岡花子だと知り、大森めぐみ教会のつてを頼んで、大森駅から池上《いけがみ》に向かうバス通り近くの村岡邸にインタビューに伺った。

金縁の眼鏡に着物姿で玄関に現れた村岡花子は、一瞬びっくりした顔で私を見たが、応接間に通していろいろな資料を見せてくださった。「燁子《あきこ》さん（白蓮の本名）が九州の銅《あかがね》御殿にいらしたときは、ずいぶんお手紙をいただいたものです」と言い、「九州では言葉に絶するつらいことがあったようですが、あなたにはお話しできません。本当は全部お話しするつもりだったけれど、こんなにお若い学生さんには知らせることはできません」と強い口調で言い切った。私は雷に打たれたようなショックを受けた。自分が年少であるゆえに知ってはいけないことがあるなどと考えたこともなかったからだ。「もっと大人になったら話してあげます」と言われて、何だか若いことが屈辱のような気がして帰宅したが、その翌年に村岡花子が死去したため、その教えを乞う機会はなくなってしまった。

ところで、朝ドラの『花子とアン』では、花子のキリスト教徒としての生活は描かれていなかった。『マッサン』でも、妻エリーのモデルが北海道でキリスト教幼児教育に献身した場面はなく、『あさが来た』のヒロイン広岡浅子が洗礼を受けて、村岡花子らと女性のキリスト教勉強会を開いていたことなどもドラマではまったく触れられていなかった。このように、世の中では、さまざまな事情で情報が与えられなかったり、事実が隠されているということがしばしばある。

聖書のルカによる福音書二章には、十二歳のイエスが両親から離れ、神殿で学者たちの話を聞いたり、質問したりしていたとある。父なる神の神殿に入るのは、無垢な少年こそがふさわしく、そこではどのような知識も人々に開かれている。私たちは、年齢や宗教の違いに左右されることなく、主の復活という良き知らせ（福音）を春の訪れとともに多くの人に知らせてゆきたい。

良きことの知らせのあれば裸足にて春の坂道駆けたきものを

14 間違い電話

弥生三月になってから思い出したように降る雪を春の雪、なごり雪、または忘れ雪という。雪にもさまざまな表情があるが、文学上で雪が降るシーンにはある役割が持たされている、と教えてくれたのは遠藤周作氏である。

大学の特別クラスで堀辰雄の『風立ちぬ』を取り上げたとき、最後のシーンに降る雪に関して、「純白な雪はすべてを浄化する神のゆるしを象徴している」と分析されたことを忘れられない。そういえば、深沢七郎『楢山節考』の最後も、姥捨山《うばすて》に雪が降っていたような気がする。原罪の闇を常に見据えていた遠藤氏には、雪は天から贈られたマナ（出エジプト記十六章）のようなイメージだったのかもしれない。

遠藤氏とはその後、慶應義塾大学の文芸誌『三田文学』の手伝いなどでご指導いただいた。普段の彼はユーモラスで、食事の時なども学生たちを相手に面白い話をしてくれた。「俺が従姉《いとこ》のシスターに頼まれて関西の学校に講演をしに行ったら、その保護者会会長が近づいてきて、『おい、ソバプン』と呼ぶんだ。よく見たら高校時代の同級生で、『こいつ、そばに寄ると臭いからソバプンと呼ばれていたんだ』と大きな声で暴露されちまったよ」といった具合である。

後に、その若者たちの中の一人、『三田文学』の編集長となった加藤宗哉《むねや》氏にお会いすると、何と洗礼を受けられていたので驚いた。いかにもハンサムな慶應ボーイというタイプで、宗教とは縁がなさそうに見えたのだが、入信のきっかけを伺って胸を打たれた。

晩年の遠藤氏に付き添ってミサに通っていた加藤氏は、だんだんそれが苦痛になって「もうミサには行きたくない」と断ったそうだ。理由を聞かれ「聖体拝領がいちばん嫌だ。みんなが立ち上がって前に出て行くときに座っている疎外感が耐えられない」と言うと、遠藤氏は「なんだ、それなら洗礼を受ければいいじゃないか」と笑い、加藤氏は目から鱗《うろこ》が落ちた思いがして受洗したと語った。

聖書のマルコ福音書十章に、皆がイエスに近づくなかで一人座っている盲人バルティマイの話がある。「イエスは立ち止まって、『あの男を呼んで来なさい』と言われた。人々は盲人を呼んで言った。『安心しなさい。立ちなさい。お呼びだ』。盲人は上着を脱ぎ捨て、躍り上がってイエスのところに来た」(四十九－五十節)

私は、聖体拝領の際、椅子に座っていた加藤氏の孤独と闇の深さに心を突かれた。バルティマイのように躍り上がって祭壇に進む日が、多くの人に来ることを祈らずにいられない。
ところで、遠藤氏はいたずら電話が好きだった。夜中に、「イマ、羽田ニ着イタ中国人デアルヨ」などと、私の家の電話に間違い電話のふりをしてかけてきたことがあった。父が怒って、「こんな時間に電話をかけてくるな」と言って切ったことも今は懐かしい思い出である。

死のうかと思いし時にかかりたり虹を知らせる間違い電話

15 桜ばな

桜の季節である。生まれ育った町を久しぶりに訪れた時、満開の桜並木を歩いていると、すれ違いざまに声をかけてきた女性がいた。「お母さまはお元気？よしのりは今、ハービー・山口という名で写真展をやっているんですよ」と一方的に話す女性に見覚えはなかった。三十年ほど前のことである。

その日の夕方、たまたま書店に入った私は、平積みにされている本が、ハービー・山口のフォトエッセイ集『LONDON AFTER THE DREAM』

であることに驚愕《きょうがく》した。こんな偶然があるのだろうか、と思いながら本を購入し、「ハービー・山口」すなわち「山口よしのり」とは誰のことだろうといぶかしく思いながら頁を開いた。著者はイギリスのロックボーカリスト、ボーイ・ジョージの親友らしく、ロンドンのカウンターカルチャーについての洒落《しゃれ》た写真とエッセイが連ねられていた。

その中に「子どものころ僕は病弱だったので、運動会もグラウンドにしゃがみこんでいた」という記述があり、たちまち私の脳裏に一陣の埃《ほこり》っぽい風が舞い起こった。その風に吹き飛ばされないようにグラウンドの雲梯《うんてい》の下にしゃがみ込んでいる二人の子どもの姿が浮かんだ。一人は私であり、一人は山口芳則君であった。私たちは同じ小学校の同学年だったのだ。そして、学内で二人だけのカリエス患者だった。色白の山口君は毎朝、母親に背負われて登校していた。運動会の競技にも参加できず、学年席の別々の隅にいて、無口な二人はお互いに口をきくこともなかった。山口君はよく泣いていた。そのすべてがたまらなく懐かしくなり、渋谷パルコで開催されていた写真展に駆けつけた。ハービー・山口は、私を見るとすぐに近づいてきた。「ハービーって変な名前でしょ。神話に出てくる怪鳥ハーピーからつけた。弱々しい子ども時代の僕や病気のイメージと決別するための名前なんだ」。内気で孤独な少年の影はそこにはもうなかった。

桜の花には常に「再生」のイメージがある。岡本かの子の短歌に、「桜ばないのち一ぱいに咲くからに生命《いのち》をかけてわが眺めたり」という一首がある。これは関東大震災の翌年、荒廃した都心の風景の中に再び開花した桜の生命力を見て、地震を乗り越えた自分も命懸けでその桜を見ようという意を詠《うた》っている。東日本大震災は三月十一日だったので、一カ月後には桜が咲いた。人々はさまざまな思いでその桜に見入り、自分自身の命と桜とを対峙させた。

旧約聖書のエレミヤ書一章十一節、「主の言葉がわたしに臨んだ。／『エレミヤよ、何が見えるか』。／わたしは答えた。／『アーモンド（シャーケード）の枝が見えます』」というくだりはよく知られたところだが、イスラエルでは、アーモンド（巴旦杏《はたんきょう》）の花は春の初めに咲き初《そ》め、桜のように、春の訪れと命とその再生力を伝える。

私は入院中にも花見をしない年はなかった。ある時は処置室の窓から、ある時は車椅子から。儚《はかな》さと再生力が、命懸けで桜を見たいという意欲を私に与えてくれたからである。

処置室の窓より隣家の満開の桜見下ろす　雨降りやまず

16　木に登ったザアカイ

　さわやかな五月の青空のもと、私は洗礼を受けた。中学三年生の時であったが、私の人生で最も美しい一日として記憶している。学校の聖堂には紅い薔薇《ばら》が飾られ、オルガンが鳴り響いていた。白いレースのヴェールをかぶり、手に蠟燭《ろうそく》を持った少女たち十数人がひざまずいていた。

　私がキリスト教と出会ったのは幼稚園の時であった。二歳で脊椎《せきつい》カリエスを発症した私は、ギプスベッドの中で何年も過ごし、二週間だけ、日本基督教団系の幼稚園に通うことができた。六歳で大きな手術をすることになり、幼稚園の先生が聖書を持って見舞いに来てくれた。そのとき私は、「天国に行くんだから、何も怖いことはないの」と言っていたそうだ。そう言えば母が喜ぶことを知っていたからである。小学校二年生までは寝たきりだったが、その後、順調に回復し、カトリック系の中学・高校へと進むことができた。第二バチカン公会議以前のことなので、エキュメニズム（教会一致促進運動）の兆しもなく、カトリックとプロテスタントは対立していた。自分の中の信仰の小さな差異がむずがゆくて、私はカトリックの洗礼を受けてアイデンティティーを保とうとしたのだ。

受洗のきっかけとなったのは、中学二年生の時の黙想会であった。私の学校では、年に一度二日間、学年別に六人の神父を招き、完全沈黙の黙想会を行っていたのだ。講話と祈りの間の自由時間は、黙想か宗教的読書か、祈りながら編み物をすることだけが許されていた。六年間の中で、一人だけ名前を覚えている指導司祭がいた。当時、東京・成城教会の主任司祭だった鈴木一郎神父である。小柄で目立たない、朴訥《ぼくとつ》とした方だったが、その講話は私の心に飛び込んできて、とらえて離さなかった。特にザアカイの話が響いた。

「イエスはエリコに入り、町を通っておられた。そこにザアカイという人がいた。この人は徴税人の頭《かしら》で、金持ちであった。イエスがどんな人か見ようとしたが、背が低かったので、群衆に遮られて見ることができなかった。それで、イエスを見るために、走って先回りし、いちじく桑の木に登った。そこを通り過ぎようとしておられたからである。イエスはその場所に来ると、上を見上げて言われた。『ザアカイ、急いで降りて来なさい。今日は、ぜひあなたの家に泊まりたい』」(ルカ福音書十九章一―五節)

ザアカイの話を聞いた時、私の胸に刺さっていた棘《とげ》が取れて、心が解けていくのを感じた。私は、幼い頃からの病気による苦しみや、小学校でのいじめやさまざまなことを、外的な理不尽のように思っていたが、キリストのザアカイに対する呼びかけで、自分が心を閉ざしていたことがすべての原因であることを悟ったのだ。そのときの、喜びとしか言いようのない感情は忘れられない。そして恐らく、鈴木神父の言葉を通してしか届かなかったものなのだろう。後に、神父が被爆者であることを知ったが、あの熱い言葉はそれ故《ゆえ》だったかもしれない。本当に一期一会の出会いで、その後のお付き合いもなかったが、私の人生で出会った最も大切な人の一人である。

蒼天より散華《さんげ》のごとくオルガンの音降りそそぐ午後に受洗す

17

棘のいろいろ

六月の雨催《あまもよ》いの夕べ、私は上野の東京文化会館で須賀敦子と久しぶりに顔を合わせた。一九九〇年、ちょうど須賀の代表作『ミラノ 霧の風景』が出版された年であった。「すてきなエッセイ集をありがとうございました。まだ感想がお送りできなくて」と言うと、「あんなつまらないもの、お気になさらないで」と、恥ずかしそうに須賀は答えた。

須賀と初めて出会ったのは友人の結婚式だった。隣席の女性と話してみると、母校の大先輩であることがわかった。須賀はイタリアから帰国後「蟻《あり》の街」（戦後の一時期、東京都墨田区にあった労働者の生活共同体）で活動をしていた時期があり、花嫁の父が「蟻の街」二代目会長の塚本慎三氏であったのだ。「女子大でも、慶應の大学院でも、フランスに留学しても、何か納得できなくてどんどん南に行ってイタリアにたどり着いたの。南の空気が合っていたのでしょうね。何にでも不満があってイエスとは言えなかったけど、ノーとだけははっきり言える子だった」と話されたのを覚えている。後日、会食で、後輩からは「ガスちゃん」と呼ばれていたこと、学生会の仕事が忙しかったこと、上智大では三島由紀夫や谷崎潤一郎などの耽美文学も教えていることなど、話に花が咲いた。それから翻訳書を送っていただくようになり、私はすっかりファンになってしまった。

六十歳過ぎて彼女が文壇にデビューし、女流文学賞を受賞した時は本当にうれしかった。当時は六十歳というと女性を卒業したように思われがちだったが、須賀の文章にはみずみずしいきらめきがあり、人間としても女性としても誠実に生きている気配を感じた。新しいときめきを心に秘めていたことが『ミラノ　霧の風景』を書かせた原動力だと聞いたことがある。文学者として話題になり、『コルシア書店の仲間たち』ほかの小説を次々と書き続けるようになってからも、仕事や人生に対する真摯さは変わらなかった。「賞を取る前から評価してくれた人とだけ仕事をしたい」とよく言っていた。須賀と最後に会ったのは、編集者であった私の教え子の結婚式の場であった。

『ミラノ　霧の風景』を読み返すと、公爵夫人の真珠の首飾りのエピソードをはじめ、須賀が垣間《かいま》見たイタリアの上流社会の生活が、追憶の霧の中で瞬くように語られている。それはヴィスコンティの映画を観るように魅力的である。しかし同時に、イタリアの貧しい人々の懸命に生きようとする生活と思想が語られてもいる。その二つのものが背反し、拮抗《きっこう》して立っているところに私は価値を感じていたが、須賀の作品そのものは、次第に社会の中で影になっている人々への思いを深くしていったように感じる。

「はっきり言っておく。金持ちが天の国に入るのは難しい。重ねて言うが、金持ちが神の国に入るよりも、らくだが針の穴を通る方がまだ易しい」（マタイ福音書十九章二十三－二十四節）。聖書にはこのように書かれているが、文学の世界では金持ちの持つ財産も心の棘《とげ》の一つとして、その人の人生を彩るものになるのではないだろうか。その葛藤を描こうとした須賀敦子の作品を今でも紐《ひも》解かずにはいられない。折しも今年（二〇一八年）は没後二十年にあたる。

施錠音とおく聞こえて薔薇園に閉じこめられし棘のいろいろ

18 希望の光

産院に柘榴《ざくろ》の花咲く七月の末に私は生まれた。今回は、心に残る二人の看護師について語りたい。仮にAさん、Bさんとしよう。

二〇一三年、私が病に倒れ、黄色ブドウ球菌が血中内、および髄液《ずいえき》内に流れ込み、緊急手術をしたものの脊椎《せきつい》損傷となった時のことである。御茶ノ水駅近くの大学病院でICU（集中治療室）、耳鼻科と経て、脳神経内科へと転床した時、主治医は、一生呼吸器をつけたまま寝たきりだろうと宣言した。不安や苦しさでいっぱいになっている時、希望の光を与えてくれたのが二人のナースであった。一人は私の担当主任のA看護師であり、もう一人は元看護学校の教師でもあったB看護師である。主治医からはカンファレンスで厳しい見通しを語られ、教授回診で呼吸器離脱は「hopeless《ホープレス》（望みなし）」と言われて、医師というものは最悪の事態を患者に伝えなければいけないのだと、理性では理解しつつも苦しい思いでいた。そんなときA看護師は、「私がいつか必ず車椅子に乗せて、一階のスタバ（スターバックス）まで連れていってあげる。だから廊下に出ても恥ずかしくないかわいい寝間着を着ましょう」と言って、三カ月間青い検査着を着続けていた私を励ましてくれた。スターバックスはお洒落《しゃれ》なコーヒーチェーンである。それを聞いて家族はピンクの花柄の寝間着を用意してくれた。車椅子に乗ることなどあり得ないと言われていた時のことだ。

その言葉に励まされ、私の心が生きることに向かっていったのか、奇跡的に自発呼吸が増えてきて、呼吸器を外せるかもしれないということになった。新しい主治医は、「呼吸器を外す勇気があるなら、私が夜勤の晩に試してみましょう」と言ってくれた。その夜の担当は、私が最も信頼していたB看護師で、一晩中私を励ましてくれた。マタイによる福音書二十五章にある「十人のおとめのたとえ」のように、B看護師は一晩中油の用意をして花婿《はなむこ》が来るのを待っている賢いおとめのような人であった。外が白みかけてきた頃、「もう大丈夫ですよ。今日から日中も外してみましょう」という医師の声がした。その日はまさに私の誕生日であり、神から贈られた最高のプレゼントのように思えた。

その後、発語もできるようになり、八人がかりではあるが、車椅子にも乗れるようになった。ある日、大学から医学部の男子学生たちが看護実習に来た。彼らは生まれたばかりのカルガモのようにA看護師の後を追って病棟を回っていた。私は、A看護師の言葉に励まされて車椅子に乗れるようになった体験を語った。彼らは目を輝かせて聞いていたが、一人が好奇心をむき出しにして「では、Aさんは予知能力者だったのですか」と言った。A看護師が予知能力者だつたかどうかはわからないが、私にとってはB看護師とともに希望を与えてくれる存在だった。彼女のもう一つの予言、「いつか教壇に戻して講義できるようにしてあげる」という言葉は、まさにこのエッセイのかたちで実現しているのである。

転院の朝贈られし寄せ書きに「ありがとう」と書けり若きナースは

19 枝豆と罪人

夏になると冷たいビールに枝豆というのが定番である。「枝豆」と言われて、私が思い浮かべるのは、なぜか女優の渡辺えりである。以前は「渡辺えり子」の名で、『おしん』や二時間ドラマなどで活躍していたが、美輪明宏の助言で改名したそうだ。

三十年ほど前、親しかった女子大生が、「絶対、話が合う」と言って彼女を紹介してくれた。舞台の後で、楽屋に集った人々と会食に行った。最初に出たのが枝つきの枝豆で、次の料理がなかなか出ないので際限なく枝豆を食べていた記憶がある。私の隣席は、当時『あすなろ白書』で木村拓哉と共演していた筒井道隆で、彼がさわやかに枝豆をもいでは私の皿に盛ってくれた。そのとき、「近代文学の作者は皆、宿痾《しゅくあ》を持っていて、それによって文学が成り立つと思うの。漱石なら胃病、子規ならカリエス、啄木は結核……」と私が言うと、渡辺は「じゃあ、私は肥満という宿痾で文学者になれるのね」と言って、大笑いになった。彼女は山形県の山奥で育ち、学生時代はジュリー（沢田研二）のファンだったので、「ジュリコ」と呼ばれていたそうだ。

渡辺の結婚式にも招待された。仲人は当時の中村勘九郎（後の十八代目中村勘三郎）で、スピーチで劇団内恋愛禁止だったのを付き合い始めた日に解禁したというばらし話をしていた。その後、私が最初の歌集『致死量の芥子《けし》』を出版したときは解説文を寄せてくれたが、出版社の意向で一部書き直しが必要となり、喧嘩《けんか》をしたものの、快く書き直してくれたことなども今となっては懐かしい。

つい先日のことである。私は手が動かないため取ることができなかった電話を友人が取り次いでくれると、渡辺えりからだった。五年ぶりのことである。「今までずっと缶詰めになって台本を書いていたのだけれど、やっと外に出たら昨日の新聞があって、開けたらあなたが大きく写っていたからびっくりしちゃって」。彼女が見たのは、私の歌集『シジフォスの日日』の紹介記事が掲載された朝日新聞の夕刊であった。数日後、彼女は、オフィス3〇〇《さんじゅうまる》四十周年記念公演の戯曲『肉の海』のラストに、『シジフォスの日日』から得たインスピレーションを使いたい、と申し出てきた。そんなふうに、私たちは創作上で刺激し合える大切な友なのである。

渡辺えりは、必要なときには突然現れて、そばにいてくれる。いつも明るく、豊かに前向きに語ってくれるが、『不夜城の乙女』や『うたた寝のジュリエット』などのエッセイを読むと、明かり一つない暗い森の中を弟とさまよっているようなイメージが強い。そしてそれは、私には原罪の闇の中に漂っている日本人の原風景のように感じられる。闇が深ければ深いほど、光を求める心は純粋で、豊かになるのではなかろうか。

最後に、渡辺が「果てのない砂漠で、生きながら熱砂に焼かれれば少しは罪が浄化されるだろうか、とにかく自分という形が消え、生まれたままの魂に立ち帰りたいと願っているような歌」と解説してくれた歌を。

三百六十度砂漠の砂にかこまれて浄化されたき夏の罪人《つみびと》

20 天に還ったひばり

十月は「ロザリオの月」である。二〇一八年七月十三日に劇団四季の演出家・浅利慶太が逝去したが、今回は彼の最初の夫人で、日下《くさか》武史らとともに劇団四季の創設メンバーであった女優・藤野節子（一九八六年に五十七歳で帰天）について紹介したい。声優としてはイングリッド・バーグマンの声や『００１１ナポレオン・ソロ』『サンダーバード』などの作品の吹き替えでご存知の方もあるかもしれない。舞台では、ジャン・ジロドーの『トロイ戦争は起こらない』など、フランスの不条理演劇、現代戯曲を次々に紹介し、初演したのは彼女である。なかでも代表作は一九五七年に初演されたジャン・アヌイの『ひばり』で、神との葛藤のなかで火刑に処せられるまでのジャンヌ・ダルクの清冽《せいれつ》な生涯を描いている。ジロドーやアヌイの作品は、カトリック教会の権威の前で、実存的な人間がいかに本当の意味の信仰を求められるかという闘いの過程を私たちに知らしめてくれる。

ところで、私が藤野節子と知り合ったのは大学一年のころ、演劇部のコーチとして彼女が来校していたからである。私たちにしてみればとてもおしゃれな大人の女性で、煙草は赤い「LARK《ラーク》」（ひばり）、花はブルームーンという紫の薔薇《ばら》がお好みであった。越路吹雪にも演技をつけていたという彼女の指導は手厳しく、具体的であった。唯一私が褒められたのは間《ま》の取り方であった。「その間は天性のものね。日本の芸術はすべて間から成り立っているのだから、大切にしなさい」と言っていただいた。その後も彼女のおかげで劇団四季のさまざまな舞台やパーティーに参加する機会を得た。『ジーザス・クライスト＝スーパースター』で二代目イエス役の山口祐一郎が舞台の袖で肩を震わせ、目を閉じて祈るようにしている姿を見ることもできた。

劇団四季は次第にミュージカルへと演目を傾けていったが、『コーラスライン』の初演の頃、日比谷のティールームでお茶をともにした藤野節子は、『コーラスライン』の曲の「すべてをささげてこの道に」という一節についてこう語っていた。

「最近の若い役者たちは『すべてをささげて』という言葉が実感できないと言うのよ。『すべてを捨てて』ならわかると言う。『ささげる』という言葉は、何か目に見えぬ絶対者の存在を認識していなければわからないのね。『捨てる』というのは自分の都合よ。『祈る』という動作も説得力がない。昔あなたたちの大学でポール・クローデルの『マリアへのお告げ』を観たとき、十字を切る姿がとても自然で、こうした動きで観る人に神の存在を実感させられるのだろうなあと思ったのよ」

藤野節子はキリスト教徒ではなかったが、キリスト教徒の心のあり方を私に教えてくれた人の一人である。

「空の鳥をよく見なさい。種も蒔《ま》かず、刈り入れもせず、倉に納めもしない。だが、あなたがたの天の父は鳥を養ってくださる」（マタイ福音書六章二十六節）と聖書にもあるが、空の鳥である「ひばり」は天に還《かえ》ってしまった。「ささげる・祈る」という行為に思いをはせるとき、私は彼女を思い出さずにはいられない。

薔薇の実のロザリオ繰りつつ連禱を少女ら唱う罪なき口で

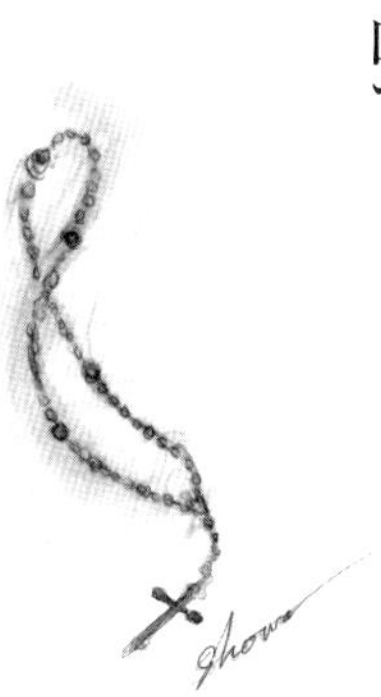

21　ぜんぶよろしく

十一月は「霜月」ともいわれる。最近都会では霜柱を見ることが少ない。私が小学生の頃は、学校の校庭いっぱいに軟らかい土を下駄の歯ほどの高さまで押し上げていた霜柱を、ざくざくと踏んで登校していたものだった。昭和三十年代のことである。東京都大田区の区立校でいちばん広い校庭を持つといわれた私の小学校では、週に一回、全校朝礼があった。ある朝、寒さに震えながら霜柱を踏んで私たちは並んでいた。不意に隣の列にいた上級生の男子が、私に向かって「せむし、せむし」と囁《ささや》いた。カリエスのため、顎《あご》まであるコルセットをしていた私の姿が異様に見えたのだろう。びっくりして泣き出すと、担任の教師が一直線に走ってきて、事情を聞いた。即座に彼は「弱い者いじめをするな」と叫んで、上級生の頰を叩いた。シンとした校庭にその音が大きく響いた。教師は私と上級生のそばに座り込み、どちらへともなく「暴力を振るってごめん。でも、こういうのは、先生はゆるせないんだ」と言って頭を下げた。それまでこの担任教師が怒った姿を見たことがなかったので、いじめられたことよりもそのことに私は驚いていた。

向田一男先生は私の三年から六年までの担任の教師であった。いつもニコニコしていて、小柄でサル顔の先生を、私たちは「おサル先生」とからかいながらも敬愛していた。彼は激しい情熱を内に秘め、いつも生徒と真剣に向かい合っていた。学生時代は演劇青年だったそうで、音楽の時間は自由に歌って踊らせ、国語の時間には脚本を書かせ、それを校庭で演じさせながら生徒のアドリブで台詞を採用していくという試みをしていた。病気で二年生までは学校に通えず、登校してもヒマラヤ杉の木の下で泣いてばかりいた私が学校になじめるようになったのも、その先生のおかげだった。その年の三年四組の学芸会は、私が原案を書いた創作劇『いじめっ子』を上演することになった。最後の場面で、孤独になった「いじめっ子」は、町はずれの電柱の灯《あか》りに母の面影を見る。「帰っておいで。だいじょうぶだよ。お母さんが待っているからね。帰っておいで、つよし」。少年の涙で劇は幕を閉じた。

その頃、私は教会の日曜学校に通い始めていた。何か不安なこと、悲しいことがあると、神さまにお祈りして心を預けた。それができたのも向田先生に支えてもらった学校生活があったからかもしれない。

ところで最近私は、晴佐久昌英神父の『おさなごのように――天の父に甘える七十七の祈り』(女子パウロ会)を手にした。さまざまな場面での祈りを記したものだが、「ひきこもっている人の祈り」「ペットを亡くした人の祈り」など、興味深いものが多い。その中に向田先生を思い出させる祈りがあった。「天の父に甘える祈り」である。この祈りは、「天の父よ／あなたに甘えて祈ります／あなたの親心に包まれて／あなたとひとつになり／あらゆる言葉をしずめて／あなたにすべてをゆだねます／天の父よ」と始まり、最後は「天の父よ／ぜんぶよろしく」と締めくくられている。ここしばらくの私の祈りは、「ぜんぶよろしく」になりそうだ。

霜月は死者の月にて死者ミサにひざまずきおればフォーレ流るる

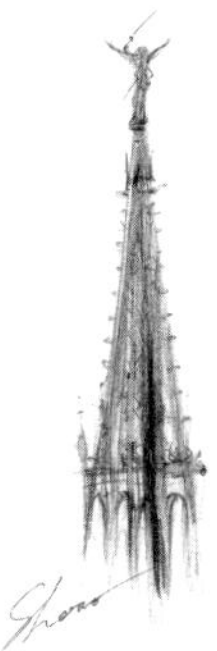

22 クリスマスイブ

二〇一一年十月の半ば、私は高輪のギャラリーにいた。ちょうど客足が途切れた夕刻、通りから中を覗《のぞ》き込んでいる老婦人に気づいた。ドアを開けると、しばらくためらったのち彼女は中に入り、一つひとつの作品に見入っていた。そのときギャラリーでは、私の歌集『ありすの杜《もり》へ』とコラボレーションした、画家・長谷川象映《しょうえい》氏の作品展が開催されていた。熱心に歌と絵を見比べていた婦人は、「こういう作品は歌の背景をよく理解している人に見てもらわないと大変でしょう。私の夫は、こういうのが好きでしたが」と言った。「ウルトビーズの半身鏡に入りしまま映写機故障すコクトー祭に」『われはけさエウリディーチエを失えり』目覚めのたびに響くこえあり」などの歌を彼女は気に入ったようだった。帰り際に拙歌集を求め、「寝る前に読むわ」と言い残し、記名して去っていった。残された芳名帳には「辻佐保子」と署名があり、作家・辻邦生の夫人であることに初めて気づいた。

その年のクリスマスイブ、辻佐保子さんが突然死されたことを新聞の訃報欄で知った。一人高輪のマンションで静かに亡くなったことを、ギャラリーのオーナーに聞き、その枕辺には私の歌集も他の本に交じって置かれていたかもしれないと胸の詰まる思いがした。

学生時代、『三田文学』の関係で辻邦生氏と話す機会があった。カトリックやフランス文学、ヨーロッパ美術にもことのほか造詣が深かった。数年後、私が教壇に立ったとき、教え子の高校生が「学校の文芸誌に、亡き父親と高校時代に同級であった辻邦生氏の寄稿がぜひ欲しい」と頼み込んできた。生徒から依頼の手紙を出したが断られ、私にひと押ししてほしいとのことだった。そんなことは不可能であると断ったが、熱意に押し切られ、恐る恐る手紙を書いた。メールや電話の発達した現代において、手紙は最後のひと押しという役割を担っている。恐らく私はわずかに背を押しただけなのだろうが、辻氏は「皆さんの熱心さに負けました」と言って快く引き受け、原稿用紙十二枚にもわたるエッセイを無償で提供してくれた。そのタイトルは「読書についての若い人たちへの手紙」というもので、現代において若者が読書する意味を具体的に詳しく説いたものだった。

「私は自分でもスポーツが好きですし、映画もよく見るほうです。音楽なしでは一日もいられません。それでも、なお読書の楽しみを皆さんに味わってほしいと思うのは、読書によって、そうしたスポーツや映画や音楽の楽しみが一段と豊かになり、深くなるものだからです。読むことを人生の悪徳に数えた人がいます。それほどまでに読書には甘美なものがあるのだ、ということなのでしよう」。エッセイはこのように結ばれていた。

辻邦生の代表作には『春の戴冠』『背教者ユリアヌス』『西行花伝』などの美しい作品がある。ぜひ、冬のひと日に、自らへのクリスマスプレゼントとしてそれらの本を手に取っていただきたい。そして氏の読書の勧めに従い、次回からのこのエッセイではさまざまな書物との出会いについて語ってゆきたい。

聖劇も終わり小さな天使たち裸足で長き廊下駆けゆく

III
記憶の図書館から

23

『さざなみのよる』

元日に見る夢を初夢というが、昔から、枕の下に宝船の絵を入れて寝ると良い夢が見られるといわれた。良い夢の代表としては、「一富士二鷹三茄子《なすび》」が知られている。富士はもちろん日本一の山・富士山、鷹は高く上がり、茄子は「事を成す」（または、「毛がない＝怪我《けが》ない」）のでめでたいというわけである。

最近、私の教え子が編集を担当した本が送られてきた。この不思議に魅力的な小説は、木皿泉《きさらいずみ》の『さざなみのよる』である。主人公のナスミは富士山の麓の町でスーパーマーケットを営む三姉妹の一人。長女鷹子、次女ナスミ、三女月美と並べると、どこかで聞いたような名のつけ方だが、鷹子、月美に対して、次女が茄子＝ナスミとは、本人にしてみれば残念な命名に違いない。そのナスミが病院のベッドで四十三歳で亡くなろうとしているところから物語は始まる。この小説を手にした読者は、最初はシナリオ的な文体や場面展開、日常的な設定に多少は違和感を覚えるかもしれない。しかし彼女の死を境に、圧倒的な物語の流れに読者は引き込まれていく。まるで福音書のように、ナスミの生と死は、彼女を取り巻いていた人々の見聞によって語られていく。

中学生の頃に駆け落ちしそびれた男子、彼女を誘拐しそこなった男、上司のパワハラから助けられた後輩などが登場するに及び、物語は大きな一つのエネルギーとなって読む者を圧倒していく。生前にいろいろな形で関わったすべての人の中に、ナスミという存在が輝き、生き続け、キリストのように人々を癒し続けているのである。この小説を読むと、生と死は一つの流れの中にあり、人間はその大事な鎖の輪の一つであると思え、生を受け入れ、死を恐れない、そんな温かな気持ちになれる。

作者の木皿泉は男女二人組のペンネームであり、二〇〇五年にドラマ『野ぶた。をプロデュース』で評判となったシナリオ作家である。その後、男性が脳出血で倒れて執筆のできない車椅子生活となると、女性は彼と結婚し、介護者と共同執筆者という立場を同時に担った。二人の新たな関係性は、小説デビュー作『昨夜《ゆうべ》のカレー、明日《あした》のパン』（河出文庫）にもうかがえる。

私もまた、脊椎《せきつい》損傷による四肢麻痺で、ほぼ寝たきりの生活を送っている。執筆は、一行たりとも友の手を借りなければできない。『さざなみのよる』を読むにつけ、人と人との絆こそが、互いの生を輝かせていると思わずにはいられない。作品中に、ナスミたちの母親の形見の指環のダイヤが、台所の柱にはめ込まれて家族を見下ろしているというモチーフがあるが、それは中世ヨーロッパの絵画のように、画面上のどこかにある「神の目」が世界を見守っているかのようである。

この小説の後日談は、二〇一六、一七年のNHK新春ドラマ『富士ファミリー』として小説に先駆けて放映されたが、ぜひ新春の一日に手に取っていただきたい一作である。

一年半わが傍らに友がいて夜鶯《ナイチンゲール》と心中に呼ぶ

木皿 泉
河出書房新社、2018年
ISBN
978-4-309-02525-4

24
『愛の妖精』

二月は「如月《きさらぎ》」ともいう。着ている上にさらに着物を重ねるという語源があるが、まだ残る寒さに家に閉じこもりがちにもなる。読書や音楽は、そんなときの友として最適である。最近、ソプラノ歌手・春原恵子《すのはらけいこ》が歌う『ヒルデガルトの聖歌』を聴いた。ヒルデガルトは十二世紀、現在のドイツ、ビンゲンの聖女である。CDには聖女が作詞・作曲した聖歌が収められているのだが、当時の歌唱法を復活させた春原の歌声には、天に響くような透明感がある。

聖女ヒルデガルトは、神学をはじめ絵画、音楽などあらゆる分野に精通した学者であるといわれている。今、アロマオイルなどで人気のラベンダーを薬草として発見した人とも伝えられる。

ところで、薬草というと思い出されるのは『愛の妖精』というフランスの小説である。この作品は十九世紀の作家ジョルジュ・サンドが発表したものだ。「ジョルジュ」といっても実は女性で、フランス革命後の自由な生き方を理想としていた彼女は、凛々《りり》しい男装姿でパリの街を歩き、芸術家たちと議論し、ショパンの恋人としても名高かった。その後、共和政への夢に破れたサンドは、自らの城のある田園地帯でその傷を癒そうとして、農民の若者たちの恋を主題とした『愛の妖精』を執筆した。その設定は、現代の少女漫画のようにシンプルで、魅力的である。

ヒロインのファデットは貧しい娘で色も黒く、「こおろぎ」と蔑まれている。ところが、豊かな農民の家に双子として生まれたシルヴィネとランドリーは、そろって彼女に恋をしてしまう。最初、双子の兄のシルヴィネは、弟を愛するあまりファデットを憎悪するが、次第にその魅力に心惹《ひ》かれてゆくのであった。まるで、眼鏡をかけた不細工なヒロインに王子さまキャラの同級生たちが心を奪われていく学園もののようである。後に薬草の知識と、それによって得た莫大な財産とを祖母から受け継ぎ、美しく変身したファデットが、双子の父のもとにランドリーとの結婚の許しを得るべく交渉に出かけるシーンは、女性の内面の魅力が輝き出してわくわくするほど印象的である。ファデットもまた、サンドと同じく、経済的にも精神的にも自立した女性となったのである。ランドリーとの結婚を許され、後に瀕死《ひんし》のシルヴィネの看病をするファデットの姿は、素朴な信仰にあふれていて胸を打たれる。

「神様、どうぞわたくしのからだの力をこの病人のからだの中にお移し下さい。そうして、イエス様がすべての人間の罪を贖《あがな》うために御自分の生命《いのち》をお捨てになりましたように、この病人を助けるためにわたしの生命《いのち》がお入用でございま

したら、どうぞそのようになすって下さい」（宮崎嶺《みね》雄《お》訳）
私がこの物語と出会ったのは、講談社から刊行された「少年少女世界文学全集」を読んでいた小学生の頃である。世界の名作のほとんどと、この五十冊の中で出会うことができた。『愛の妖精』は、いのちの健やかさと恋愛のときめきと信仰の安らかさを届けてくれた忘れられない一作である。著者による「はしがき」は後から読んだほうが物語に入りやすいかもしれない。

シトラスの風吹きぬけて病室の位相が変わるアロマ療法

ジョルジュ・サンド
宮崎嶺雄 訳
岩波文庫、1936年
ISBN
978-4-00-325351-9
＊他に篠沢秀夫訳で中公文庫（電子書籍版）から刊行されています。

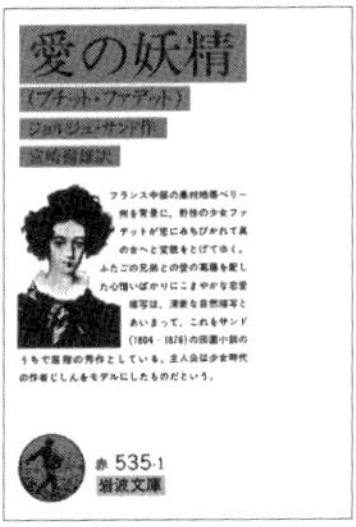

25 『きもの』

二〇一九年の大河ドラマ『いだてん』では、ビートたけしが古今亭志ん生を演じている。志ん生といえば、関東大震災のとき、地面に酒が吸い込まれるのが惜しくて酒屋に飛び込み、店の主が逃げ出す傍らで一升枡で酒を呑《の》み続けたというエピソードが名高い（『びんぼう自慢』ちくま文庫）。『いだてん』はオリンピックをテーマにしたドラマだが、一九六四年十月十日、東京オリンピック開会式の日、中学生だった私は、読書感想文の締め切りに追われていた。書いていたのは幸田露伴の娘・幸田文《あや》の『おとうと』の感想文。五輪マークが描き出された青空と幸田文は、私の中では切っても切れないものだ。

私が文芸誌『新潮』を手に取ったのは高校生の頃だったろうか。連載中だった幸田文の長編小説『きもの』の一節に目が留まった。呉服屋に反物を母と見に行ったるつ子という幼女が、廊下の奥に隠された反物の山の中から、子どもには地味な白茶の地に濃紫と草色と代赭《たいしゃ》の線の入った反物を気に入り、無理やり引き抜いて反物の山を崩してしまうという場面だ。るつ子は自分が気に入った柄や手触りのきものをいつも手放そうとしない子だった。彼女にとってきものとは、布のことではなく、肌に触れる自分の一部のようなものだった。

作者の分身ともいえる少女と出会ってから三十年後、ようやく『きもの』は単行本化された。今の時代には失われた家族との関わり、明治の女たちが持つ知恵、生活、金銭に対しての庶民の考え方や品格、そして何より時代の困難さや災害と立ち向かう毅然とした姿勢が生き生きと描写されている。

幸田文の文体の持つリズムや会話の心地よさ、気風《きっぷ》のよさは新派の舞台を見ているようだ。この物語はるつ子の成長とともに描かれ、結婚で終わるが、それよりもさらに印象的なのは関東大震災の場面である。震災に関わる文章はいくつも読んだが、この『きもの』の描写ほど身に迫るものはなかった。大川のほとりから上野の山まで逃げたるつ子と祖母は無傷でこそあれ、途中の凄惨なありさま、まさかのときの人々の言動が、日頃のリズミカルで淡々とした文体とは少し離れた感じで熱く描写されている。逃げてきた下町が炎に焼かれ、おびただしいトタン屋根が空に舞うシーンは圧巻である。るつ子の姉が地震から逃れた横浜の海で顔に大やけどを負うくだりも忘れられない。文章において、災害のリアリティーを追うことは至難であるが、この作品はそれに成功した珍しい例とも言えよう。一少女の成長にとどまらず、きものの手触り、時代の手触り、不幸の手触りなど、さまざまな感触を読む者に実感させてくれるのだ。

三月十一日が訪れると、誰の胸にも震災に関わるさまざまな思いが去来するだろう。その折にこの作品をご一読いただけたらと思う。ちなみに東京オリンピックのときに私が読んでいた『おとうと』も幸田文の自伝的な作品である。弟の死に涙するクリスチャンの義母の姿は、作品世界に柔らかなゆるしをもたらし、読む人の胸にも春の暖かさを伝えてくれるようだ。

「おとうと」とひらがなで書くかなしみを知るひともいて幸田文読む

幸田 文
新潮文庫、1996年
ISBN
978-4-10-111608-2

26
『すらすら読める徒然草』

私が大学生の頃だった。下校途中に友人の家に立ち寄ると、友人の弟が、「今日、高校で体育の時間に倒れた下級生がいて、救急車が来て大騒ぎだったよ。高一なんだけど、やたら背の高いやつで、斜めにしないと救急車のドアが閉まらないとか言って、みんな騒いでいたよ」と語りだした。「そんなバカな」とその話しぶりに大笑いしたが、家に帰ってみると、弟が入院との母のメモが置いてあった。ドアが閉められなかったというのはもちろん冗談だったろうが、運ばれたのは身長百八十七センチの私の弟のことだったのだ。

バスケットボールでの事故後、闘病が続いた弟に「今まで読んだ中でどんな本がいちばんおもしろかった?」と聞いたところ、即座に『徒然草』という答えが返ってきた。別に文学少年でもなかった弟からそんな答えが返ってきたことに驚いて理由を聞いたところ、「実生活の知恵を教えられて、目から鱗《うろこ》が落ちる思いだった」と言う。そういえば中学生の頃、何かにつけ「あやまちは、安き所になりて」などとつぶやいていたような気がする。私も花見に出かけたが既に散ってしまっていたときなど、その一節の「花はさかりに、月はくまなきをのみ見るものかは」(第百三十七段)を思い出す。

鎌倉時代に書かれた吉田兼好の『徒然草』は、日本三大随筆の一つだが、出会いの時を得れば、深く心に染み入るものとなる。最近亡くなった橋本治の『絵本 徒然草』(河出文庫)も読みやすいが、中野孝次『すらすら読める徒然草』もお勧めである。テーマ別に並べ替えられていて、先に引用した「花はさかりに」

は「美とは何か」というテーマのもとに考察されている。鼎《かなえ》を頭にかぶって踊り出したところ、それが抜けなくなってしまった法師のエピソード（第五十三段）や、「猫また」という妖怪におびえた連歌師が飼い犬を「猫また」だと誤解して小川に落ちた話（第八十九段）などは、「世俗譚《たん》」としてまとめられている。こうしてテーマごとに読むという姿勢は、現代人にとって、また随筆という形態にとっては読みやすいものであると言えよう。短い時間に一話ずつドキドキしながら味わい、人生の知恵と、選びの重さに気づかせてくれる。

なかでも、最も心に訴えてくるのは、第五十九段の「大事を思ひ立たん人は」である。中野氏は「出家遁世《とんせい》というような人生の一大事を行おうと思い立った人は、たとえどんなに棄《す》てがたく心にかかることがあっても、なしとげるまで待とうとせず、中途半端なままでもただちにそっくり棄てなければいけない」と訳しているが、このことは召命のみならず、受洗を前にした入信志願者や、死を前にしたキリスト教徒たちにとっても言えることである。

「鋤《すき》に手をかけてから後ろを顧みる者は、神の国にふさわしくない」（ルカ福音書九章六十二節）と聖書にもあるではないか。
今、「終活」が盛んであるが、死という一大事は常に足元にあるのに、なかなかその準備の一歩が踏み出せないものだ。待ったがきかない信仰の重要さはどの宗教でも同じである。

キリストの花嫁となるべく初誓願立つる教え子　桜咲き初め

中野孝次
講談社文庫、2013年
ISBN
978-4-06-277705-6

27

『青少年のための小説入門』

私はこの七年間、一冊の本も手に取ることはなく、一文字も書くことはできなかった。脊椎《せきつい》損傷の後遺症で四肢麻痺になったからだ。呼吸器をつけていた頃は、誰かが読み上げる五十音図にうなずきながら歌を作った。今は口述ができるようになり、このエッセイも月に一回、掲載誌の担当編集者が枕辺で書き取ってくださっているのだが、読書のほうはひたすら朗読に頼っている。ここしばらくはさまざまな本との出会いについて書いているが、そのほとんどが記憶の図書館から探し出して引用しているもので、新刊に関しては一文字も見ることなく、朗読する声により作品世界を脳裏に構築しているのだ。

さて、二〇一八年に刊行された久保寺健彦《たけひこ》の小説『青少年のための小説入門』も朗読によって出会った一冊で、何と四百十九ページもあった。一九八〇年代、いじめられっ子の中学生・一真《かずま》は、駄菓子屋で万引きをさせられているところをヤンキーの登《のぼる》に見とがめられ、見逃す代償として小説を次々に朗読することを命じられる。この物語は、成長した一真が登の死後、「インチキじゃなかったぜ」とだけ書かれた葉書を受け取るところから始まる。実は、登はディスレクシア（識字障害）で、二十歳になっても文字を読むことも書くこともできなかったのだ。二人はタッグを組み、一真の読んだ小説からイメージした物語を登が語り、一真が書き取るという形で小説家を目指すことになる。おびただしい小説を読み、小説とは何か、文学とは何かを問い続ける二人は、やがて倉田健人《くらたけんと》という覆面作家として文壇に華々しくデビューする。

この小説にはサリンジャー、ドストエフスキーをはじめ、太宰治、横光利一、筒井康隆など枚挙にいとまがないほどの小説家とその作品が引用されている。小説の多読者には自分の読んだ作品をたくさん見つけられるという満足感があり、そうでない人には、谷崎潤一郎と川端康成と三島由紀夫の『文章読本』を一気に読んで物知りになったような幸福感があるだろう。脇役である編集者や図書館司書、そして一真が恋をするアイドルの少女など、一人ひとりが人間味あふれる人物として作品に奥行きを与えている。朗読を聞きながら、大声で笑ったり、胸がどきどきしたり、涙を流したりとひさしぶりに青少年に戻ったような経験をすることができた。

現代は、たとえフェイクであっても、目から入る情報がインパクトを持つ。サリンジャーの『ライ麦畑でつかまえて』のように、嘘とインチキで満ち溢《あふ》れた世界の中で、登は言葉の響きの中により一層「インチキでない」真実の物語を求めたのだろう。登と同じく七年間文字のない世界に身を置いている私は、登の世界を他人事とは思えなかった。

言葉というものは音として伝えられたとき、さらに強い力を持つことができる。この小説を通して、目から入る活字だけではなく、言葉の響きによって作り出される世界の可能性をさらに深められたらと思う。

二〇一八年末に出版された聖書協会共同訳聖書も朗読にこだわって多くの詩人や歌人の手を借りて翻訳されているようだ。


三十一回五十音図を読む友に頷《うなず》きながら歌は生まるる

久保寺健彦
集英社、2018年
ISBN
978-4-08-775442-1

28
『文学はおいしい。』

「冷やし中華始めました」の貼り紙が日本の夏の訪れを知らせるようになってから、どれくらいたつだろう。ジャズピアニストの山下洋輔は、本書に紹介されたエッセイで、「一年中、冷やし中華を食べる権利」を主張し、そのページにはおいしそうな冷やし中華の挿画がある。

共同通信配信の地方紙に連載された「文学を食べる」という小山鉄郎の連載記事をまとめて出版された『文学はおいしい。』が本書である。日本文学の中で食べ物がどのように表現されているか、どのような心情を訴えているかを、その食文化の歴史とともに語っている。各ページにはカツ丼、冷奴、すき焼きなどのイラストが描かれているが、その絵は評論家・吉本隆明《たかあき》の長女、ハルノ宵《よい》子《こ》の手になるものだ。実においしそうで、見開き二ページで成り立つ一作品を次々に読破し、おなかいっぱいの気分になってしまう。

最初の食べ物、「カツ丼」は、ハルノ宵子の妹である吉本ばなナのデビュー作『キッチン』から取り上げられている。友人の、女装した父親が調理するシーンが出てくるが、吉本隆明こそが娘たちを背負いながら料理したり、パチンコをしたりする父の原型のようである。

次に仮名垣魯文《かながきろぶん》の『安愚楽鍋《あぐらなべ》』から「牛鍋」、田辺聖子の短編「人情すきやき譚《たん》」から「すき焼き」について論じている。「すき焼き」という名の由来は、ケガレのある食べ物である牛肉の料理には台所の調理道具を使わず、古い農具の鋤《すき》を使ったためであったらしい。そもそも牛肉が禁止されたのは天武四（六七五）年に出された肉食禁止令である。牛、馬、犬、猿、鶏を食べることを禁止したことから、いかに古代の人たちが肉食に親しんでいたかを暗示していて興味深い。

さて、とりわけ心を打たれたのは、幸田文《あや》の『おとうと』で、主人公が結核で入院した弟のために鍋焼うどんを作る場面だ。一緒に食べるよう求める弟に対して、感染への恐怖を押し殺して食べようとすると、弟は、「いいんだってば。もう試験は済んだようなもんなんだ」と答える。ともにものを食べるということは深い信頼感の表れであり、人間社会における最も重要な営みの一つである。川端康成の『伊豆の踊子』のなかで旅芸人たちが、「孤児根性」でゆがんだ心を持つ主人公の学生に、鳥鍋をともにつつこうと提案する場面が忘れがたい。「いい人はいいわね」と自分を受け入れてくれる踊子と旅芸人たちに主人公は心を開いてゆくが、鍋こそがそのような気持ちに導いた象徴として描かれる。鍋料理とは、なんとキリスト教的な食形態なのだろう。最後の晩餐《ばんさん》のとき、徴税人や漁師のように差別されている人々と食をともにしたキリストのありようを考えさせられる。

ところで、最後の晩餐の折にキリストは何を食べていたのだろうか。山口里子著『食べて味わう聖書の話』（オリエンス宗教研究所）によると、過越《すぎこし》の種なしパン、ワインのほかに、塩水と、エジプトでの苦難や労働を象徴する苦菜《にがな》や野菜、蜜入りのディップ、子羊の肉などが盛られていたようだ。

葛きりの店ほのぐらく身のうちに冷たき蜜の闇ながれこむ

小山鉄郎
ハルノ宵子 画
作品社、2018年
ISBN
978-4-86182-719-8

29

『巴里の空の下オムレツのにおいは流れる』

大学生の頃、三輪淑子《よしこ》という陶芸家と出会った。白磁や青磁の造形に優れた作家で、渋谷区松濤《しょうとう》の住宅街の一角にイサク窯《がま》という工房を設けていた。文化学院の創設者・西村伊作の名を冠した窯であるが、もちろんアブラハムの息子イサクにちなんだ命名である。三輪は西村の秘書として、また文化学院の陶磁科の指導者として活躍した女性だ。私が工房を訪れた頃、彼女は四十代だったと思うが、本当に美しい人で、「伊作先生のベアトリーチェ」と呼ばれていたという伝説にうなずけるものがあった。西村は和歌山の山林王の一族の一員で、その叔父は大逆事件に連座した大石誠之助であり、伊作の父とともに日本の明治キリスト教界に大きな影響を及ぼしている。そのイサク窯で、ある日私は哲学者の矢内原伊作に引き合わされた。「僕の名は、西村先生から父の忠雄がいただいたものです」と、ロマンスグレーの美しい髪をかき上げながら、『ジャコメッティとともに』の著者は語った。彫刻家ジャコメッティのパリのアトリエでジャン・ジュネとともに肖像画のモデルになったという氏のパリ談義は楽しいものだった。

パリは、当時の学生たちにとってあこがれの場所だった。私はパリを舞台にしたさまざまな小説やエッセイを読んだが、意外にも今、心に残っているのは石井好子の『巴里の空の下オムレツのにおいは流れる』というエッセイ集だ。雑誌『暮しの手帖』に連載されていたエッセイで、戦後パリにシャンソンの勉強のために留学した石井好子が、フランスのおしゃれな生活の中で、おいしいものを食べることの喜びを綴ったものである。ちょうどこの時代は日本の女性が世界に羽ばたき始めた頃で、料理という具体的なものを通して、世界の文化や思想に触れるのはとても新鮮だった。白系ロシア人のマダム・カメンスキーの営むアパートの台所で、石井は夕食の準備をするマダムから料理や人情の機微を学んでいく。初回はもちろんオムレツ。卵四個に八分の一ポンド（およそ五十六グラム）ものバタ（バター）を使って豪快にアツアツのオムレツを作るさまが印象的に語られている。スタッフドトマトの項では、十二、三分のテレビの料理コーナーで、トマトをくりぬいて、中にサケの缶詰のほぐし身、タマネギ、ゆで卵のみじん切りを詰めたものを紹介したところ、約三分ででき上がってしまい、「とてもおいしいです」と言ってみたところで十秒もかからず困ってしまったというエピソードが紹介されている。

このエッセイ集は一九六三年の初版以来、途切れることなく出版され続けているが、和田誠が一九七七年に発表した『倫敦《ロンドン》巴里《パリ》』（話の特集・刊）というパロディー本の最高傑作の中でも取り上げられている。そこでは『暮しの手帖』全体を『殺しの手帖』とパロディー化し、「リヴォルヴァー拳銃をテストする」という商品テストなどとともに『巴里の空の下硝煙のにおいは流れる』という書籍広告として登場している。

料理の話が前回から続いたが、食べることは人間の原点であり、キリスト教徒にとっても、本質的な信仰への一路となるのではなかろうか。

聖体《キリスト》はわが消化器の暗闇を照らし果てまで嚥下されゆく

石井好子
河出文庫、2011年
ISBN
978-4-309-41093-7

30
『宇宙からの帰還』

秋になると月の出が早くなり、レインボーブリッジの見える私の部屋からも大きなオレンジ色の月が重そうに上がってゆくのがよく見えるようになる。

高一の頃、英語のテキストで『月世界旅行』（一八六五年刊）を読んだ。『十五少年漂流記』の作者であるジュール・ヴェルヌの小説であるが、今でいうケネディ宇宙センターのあたりから月に向かって人を乗せた砲弾を打ち上げるという奇想天外な物語である。

立花隆の『宇宙からの帰還』は、月に足跡を残した宇宙飛行士たちのインタビューなどを集めた作品である。人類を月に送るというアポロ計画は、歴史上最も大きな計画の一つであったが、私が『月世界旅行』を読んだ四年後の一九六九年には実現してしまったのだ。テレビ中継されたアポロ11号のアームストロング船長が、月面の砂の上に小さな足跡をつけた瞬間を私たちはテレビ画像でありありと観ていた。宇宙に行き、宇宙を実感してきた宇宙飛行士たちの心の変化を、今では遠いものと受け止める人が多いだろうが、『宇宙からの帰還』を再読すると読者である自分もまた宇宙に出て、宇宙を初めて実感した受け取り手のような錯覚を覚える。

当時、ニュージャーナリズムの旗手として注目されていた立花隆が、自ら宇宙飛行士たちに行ったインタビューは、本書が発表された一九八三年に至るまで人々に明かされることのなかった宇宙飛行士たちの心象をありのままに伝え得ている。私たちは外国に出たときに自分が日本人であることを実感するが、宇宙に出たとき初めて地球人として自分の存在を見つめ直すことになるのだ。宇宙飛行士たちは地球に帰還した後、精神のバランスを崩したり、情事に溺れたり、ビジネスに夢中になったり、信仰を捨てたりと、地球にとどまっていたら起こり得なかったようなさまざまな体験をすることになる。

この本の圧巻は、「神との邂逅《かいこう》」と題された箇所で語られるジム・アーウィン飛行士が宇宙空間で神と出会うシーンである。

「夜の闇と昼の輝きが、クッキリと一線でわかれるのである。月の色は鉛色だった。〔中略〕それにもかかわらず、人を打ちのめすような荘厳さ、美しさがあった。アーウィンは、口もきけずにその光景に見入っていた。そして、ここには神がいると感じた」

アーウィンはこの宇宙での神との出会いを機に、地球帰還後は熱心なキリスト教原理主義派の伝道師となった。アメリカ社会におけるキリスト教諸派の対立するありさまをも著者は興味深く分析している。

ロボットクリエーターの高橋智隆氏らによって開発された小型の人型ロボット・キロボが宇宙船内で若田光一飛行士と実験を行ったことなどを報道で見ると、宇宙において、また新たな経験や出会いが繰り広げられていることを実感する。現在、百五十数人の宇宙を経験した飛行士がいるそうだが、それぞれの宇宙との出会い、神との出会いに思いを馳せると、秋の夜の月がますます大きく私たちの上に影を落としているように思える。

月面の港に舫《もや》う宇宙船いのちの満ち干われに伝えよ

立花 隆
中公文庫、1985年
ISBN
978-4-12-201232-5

31
『額田女王』

秋の学会で仙台まで足を延ばした学生時代のこと、同行した教授が「『源氏物語』や『万葉集』では、どんな人物が好きかい？」と軽いノリで尋ねた。「『源氏物語』なら宇治の大君《おおいきみ》、『万葉集』なら額田《ぬかた》王《のおおきみ》です」と私が答えると、「だめだよ、きみ、それじゃあ嫁に行けないよ。だって、男を拒む女ばかりじゃないか」と、今ならセクハラに引っかかりそうなことを真顔で言われた。考えてみればその通り、私は「拒む女」の系譜が好きだったらしい。

額田王といえば、「茜さす紫野行きしめ野行き野守は見ずや君が袖《そで》振る」の恋歌で名高いが、これを授業で教えると、授業中に私に向かってやたら手を振る生徒がいたことが思い出される。何も恋心を訴えているわけではなく、「先生、指すときくらいは私の顔を見てよ」という訴えなのだった。

『額田女王』は井上靖の代表作の一つ。井上は『敦煌《とんこう》』『天平の甍《いらか》』などで知られる歴史作家である。難しい漢字や人名、年号ばかりが続くようだが、いつのまにか読者は西域やモンゴルの大きな世界観の中に呑《の》み込まれ、夢中になってページを繰ってしまう。一九六九年に出版された本書も重厚で、壮麗で、それでいて心をときめかすような歴史小説となっている。

ヒロインの歌人、額田王（井上の作品中では「額田女王」と表記）は『万葉集』に十二首の歌を残し、天智・天武両天皇に愛された女性だが、本書を初めて読んだとき、最も驚いたのは、前述の「茜さす」の歌と大海人皇子《おおあまのみこ》の「紫草《むらさき》のにほへる妹《いも》を憎くあらば人妻ゆゑに吾《われ》恋ひめやも」の名高い相聞歌が、作品の終盤に登場したことだ。若き日の秘めた恋のやり取りと思い込んでいたが、宴席に居並ぶ人々の前で、堂々と交わした大人の歌として描かれている。確かに、そうでなければ『万葉集』に収録され今日まで伝わるはずもあるまい。

白村江《はくすきのえ》の戦いへと船出する前に、斉明天皇の命で「熟田津《にぎたづ》に船乗りせむと月待てば潮もかなひぬ今は榜《こ》ぎ出でな」と詠んだときは、天皇、中大兄皇子《なかのおおえのみこ》、そして戦いに出て行く兵士たちすべての心になり代わっている。個というよりも、集団としての思考が美しく結晶して歌になっているようだ。額田はそういう巫女《みこ》としての役割を担っている。その様はときに旧約聖書における預言者のようである。やがて彼女は愛する皇子たちをも拒み、神の命に従って孤独な晩年を引き受けてゆく。

最近、元号が「令和」と変わったせいか、『万葉集』に対して新たな興味が持たれているように思う。しかし、万葉の歌の中には当時の権力者をも拒むような強い意志で詠《うた》われている歌も多い。大伴旅人《おおとものたびと》が梅の花を当時流行《はや》りの漢詩ではなく、反骨者の友でもあった和歌で詠んだのは、動乱の都を追われて太宰府に着任した老齢の役人のふてくされた心の表れだったのだろう。

令和をめぐっては、品田悦一《よしかず》氏や中西進氏らが『短歌研究』二〇一九年七月号ほかで熱い議論を重ねている（ちなみに中西氏は『万葉集』を「モーセの戒律」を収めた旧約聖書のようだと指摘している）。これを機に『額田女王』を手に取ることで、現代という困難な時代に、新たな時代展望を描く一助となればと思う。

うら若き巫女の首筋ましろなりピアス小さきラピスラズリー

井上 靖
新潮文庫、1972年
ISBN
978-4-10-106319-5

32 『氷点』

秋も深まると、門の郵便受けまで新聞を取りに行くのがつらかった子どもの頃を思い出す。今でこそ新聞を取らない家庭が増えているが、かつては新聞に連載されている小説にも一喜一憂していたものだ。なかでもいちばん待ちかねていた新聞小説は、一九六四年から六五年にかけて朝日新聞朝刊に連載されていた三浦綾子の『氷点』である。前回の東京オリンピックの年、打ち上げ花火のように派手に発表された懸賞小説の受賞作だ。その賞金額は何と一千万円！

当時の大卒の初任給が二万円あまりの頃、一千万という額には皆度肝を抜かれたが、受賞者が無名の女性で、しかも作品のテーマが、聞きなれない「原罪」ということにも驚かされた。カタカナで「ゲンザイ」と書かれた解説が朝日の紙面に踊っていた。当時の朝日新聞文芸部記者、後の鎌倉山教会の門馬義久牧師の尽力もあったのだろう。三浦綾子の文章はわかりやすく、ときには粗いと感じたこともあったが、北海道を舞台としたロマンとサスペンス、誰も手をつけたことのなかった原罪というテーマは、当時の読者の心を強く捉え、ドラマ化、映画化されることでますます有名になった。

美しい人妻の夏枝が、若い医師に心を移しているわずかの間に、幼い娘ルリ子が誘拐、殺害される。夫の啓造は「汝の敵を愛せよ」を座右の銘としながらも夏枝をゆるすことができず、殺人犯の娘を実子として引き取り、陽子と名づけ、育てさせる。物語の終盤、まっすぐに育った陽子は、自分には罪がないと信じていたが、抗いようのない状況で罪を背負っていたことに打ちのめされ、絶望する。陽子の心にも氷点はあったのだ。

人は罪なくして生きることはできないのだろうか。キリストは人類が犯した罪を贖《あがな》うために十字架についた。原罪とは、アダムとエバが知恵の実を食べたことにあるのではなく、自分たちの犯した行為を神がゆるさないと思い込んで身を隠したところに始まるのではなかろうか。心を神からそむけた状態が原罪であり、十字架上のキリストの死を通して心を神に向け直すことがゆるしにつながるのかもしれない。

三浦綾子は北海道旭川に生まれ、カリエスのために何度も死線をさまよった。幼なじみによりキリスト教へと導かれ、彼の死後、歌の縁で知り合った三浦光世と結婚した。私は『無名者の歌』という教材の中で堀田綾子の歌と出会ったことがある。「降る雪が雨に霰《あられ》に変る街を歩みぬ今日より君は婚約者」。綾子が三浦光世と婚約したときの歌である。カリエスの病床から復帰して、新しい人生を生きようとする初々しい息遣いの感じられる歌だ。後年、『塩狩峠』『続氷点』など次々と名作を発表する彼女の傍らで、口述筆記をして支えていたのは夫なのであった。

『氷点』の連載が終焉を迎えた十一月の秋冷の日々、本当に心待ちにしながら新聞を取りに行ったことを思い出す。物語はかすかな光を見せて終わった。原罪、生と死、そしてゆるしについて考えるとき、最も読んでほしい作品の一つである。

氷点も沸点もあるやわらかきこころ持ちしにたれ壊しけん

三浦綾子
角川文庫、1982年
ISBN
上/978-4-04-100340-4
下/978-4-04-100339-8

33 『飛ぶ教室』

ドイツの文学者エーリヒ・ケストナーが『飛ぶ教室』を書いたのは一九三三年の夏であった。『点子ちゃんとアントン』『ふたりのロッテ』『エーミールと探偵たち』などのケストナーの作品に子どもの頃から親しんでいた私は、『飛ぶ教室』の背景を知って衝撃を受けた。児童文学だと思って、ケストナーを通り過ぎてしまう人も多いが、これこそ勇気ある時代批評の物語である。その年の初めに政権を手に入れたナチスが、本人の目の前でその著作を焼いた。そのわずか一カ月後に、ケストナーは児童文学という隠れ蓑《みの》をまとい、ベルリンの街を離れてこの物語を書き上げたのである。

のんびりとして奥深い、長い長いまえがきのあとで、とあるギムナジウム（ドイツで小学四年修了後に進学できる九年制の高等学校）を舞台に、「飛ぶ教室」というクリスマス劇上演のいきさつが語られている。少年たちの友情、悲しみ、正義感、そしてそれを見守る大人のまなざしが深く心に残る。この劇の作者であるジョニーは、ニューヨークで父に捨てられた子である。寄宿生のマルティンは、クリスマスに家に帰る旅費がない。劇の中の金髪の少女役、小柄な少年ウーリは、弱い者いじめをされていた。「子どもの涙はおとなの涙よりちいさいなんてことはない」と作者は語る。ドイツの教育制度が大学進学者と技術習得者の二階層に分かれているさまも、ギムナジウム生と実業学校生の対立という形で描かれている。作品中、ウーリが自分の勇気を示すために、校庭の高い鉄ばしごの上からこうもり傘を開いて飛び降りるというシーンは画家トリアーの印象的な挿絵とともに、強く胸を打つ一コマである。

毎年十二月になると、私の部屋の窓から見えるレインボーブリッジもクリスマスカラーに変わる。たぶん多くのミッションスクールでは、それぞれのクリスマス劇制作に忙しい思いをしていることであろう。飛行機で歴史を学ぶという「飛ぶ教室」はそんなクリスマス劇の一つであるが、物語はナチスが台頭してくる時代に正義のまなざしを持った少年たちを描いている。「世界の歴史には、かしこくない人びとが勇気をもち、かしこい人びとが臆病だった時代がいくらもあった。これは正しいことではなかった」「平和を乱すことがなされたら、それをした者だけでなく、止めなかった者にも責任はある」とケストナーは書いている。

今回は池田香代子の新しい訳を取り上げたが、高橋健二や小松太郎の訳などと比べてみるとそれぞれの趣があり、言葉のテンポも時代により異なるのが読んでいて楽しい。

最も無力な幼子に救世主を見出すクリスマス。私たちも周囲の無力な存在を見渡し、ささやかな正義感をもって立ち上がることができたらと思う。世界が不安に覆われているこの時代にこそ『飛ぶ教室』を読んで、勇気の意味を問い直したい。

すべての子どもたちと、かつて子どもであったすべての大人たちに、クリスマスのプレゼントとしてこの書を贈りたい。

「飛ぶ」勇気あらばエジプト北極も超えて聖夜のペテロに出会う

エーリヒ・ケストナー
池田香代子 訳
岩波少年文庫、2006年
ISBN
978-4-00-114141-2

＊他に高橋健二訳（ケストナー少年文学全集、岩波書店）など数種類の翻訳が刊行されています。小松太郎訳（少年少女世界文学全集、講談社）は現在品切れです。

あとがき

短歌というのは不思議なものだ。三十一音からなる句読点のない短い文であるが、五七五七七とリズムを切って読むことになっている。そのリズムに乗って言葉をホップ、ステップすると思いがけない遠くまでジャンプができて、世界が広がったように感じられるのだ。

二〇一三年、私は黄色ブドウ球菌による髄膜《ずいまく》炎に倒れた。二年余の病院生活を経たのち、脊椎《せきつい》損傷の後遺症として四肢麻痺となった身体で、レインボーブリッジの見える高輪のマンションの一室で在宅生活をすることとなった。ようやく人工呼吸器が外れ、自ら発語できるようになった言葉で短歌を詠むことが私の生きる証しとなった。

そんなとき、大学の同窓会誌に発表した短い文章を目にした月刊『福音宣教』編集部からの依頼で、同誌の巻頭エッセイを連載することになった。条件は最後に自作の短歌を一首添えるというもので、短歌によって世界が広がるダイナミズムを読者にも知ってほしいという希望であった。字も書けず、視力も極端に弱いため、本を読むことも簡単にできない私が毎月千二百字の文章を口述できるか不安であった。しかし、大学の後輩である小林由加さんが親身になって聞き書きを続けてくださったおかげで、月ごとの私の心の中の景色を描き出すことができた。一年目は、言わば私の心の歳時記のようなものである。連載は思いがけず三年に及び、聞き書きは編集部の担当者に代わり、二年目は忘れえぬ人々、三年目は記憶の図書館とテーマを変え、季節を追いながらこのエッセイを書くことが生きる喜びとなっていた。二〇一九年十月、九十五歳の母は駆けつけた妹に看取られ、高齢者施設で静かに天に召された。弟が牧会する教会での葬儀に車椅子で参加したのち、このエッセイの連載最終回の原稿校正を終えて私は再び入院することとなった。幸い三カ月後に退院でき、こうして皆さまに読んでいただけることとなったのはこの上ない喜びである。

なお、引用した自作の短歌は、新仮名遣いに統一したため、歌集などの発表時と異なるものもある。挿画は私の在宅介護を支えてくれている友人の画家・長谷川象映さんにお願いした。多くの方のご厚意によりこのエッセイが一冊の書籍になったことを、心から感謝している。

二〇二〇年二月

有沢 螢

著者紹介

有沢　螢（ありさわ・ほたる）

歌人．1949年，東京都生まれ．６歳より作歌．聖心女子大学を経て，1976年，早稲田大学大学院文学研究科日本文学修士課程修了．「短歌人」同人．現代歌人協会会員．歌集『致死量の芥子』『朱を奪ふ』『ありすの杜へ』（以上，砂子屋書房），『シジフォスの日日』（短歌研究社）他．

本書は月刊『福音宣教』（オリエンス宗教研究所）に連載された「虹の生まれるところ」（2017年１月号～2019年12月号）をもとにまとめられたものです．

聖書本文の引用は『聖書　新共同訳』（日本聖書協会）を用いています．

虹の生まれるところ

●

2020年 4 月15日　初 版 発 行

著　者　有沢　螢

発行者　オリエンス宗教研究所
代　表　C・コンニ
〒156-0043　東京都世田谷区松原2-28-5
☎ 03-3322-7601　Fax 03-3325-5322
https://www.oriens.or.jp/
印刷者　有限会社 東光印刷

ISBN978-4-87232-111-1　Printed in Japan